Proposition osée

Daring Proposal

La Série Dare Ménage (The Dare Ménage Series)
Tome 2

Jeanne St. James

Traduction par
Literary Queens

Crédits :
Couverture: April Martinez
Traduction de l'anglais au français: Literary Queens

---

www.jeannestjames.com

Inscrivez-vous à ma lettre d'information pour recevoir des informations privilégiées, des nouvelles d'auteurs et des nouveautés: www.jeannestjames.com/newslettersignup

Pour ne rien rater de ses actualités et de ses parutions, consultez son site web www.jeannestjames.com ou inscrivez-vous à sa newsletter (Seulement en anglais) : http://www.jeannestjames.com/newslettersignup

Liens d'auteur : Instagram * Facebook * Goodreads Author Page * Newsletter * Jeanne's Readers Group * BookBub * TikTok * YouTube

La Série Dare Ménage
The Dare Ménage Series

Osez doublement (livre 1)
Proposition osée (livre 2)
Osez être trois (livre 3)
Un désir osé (livre 4)
Oser s'abandonner (livre 5)
Un voyage audacieux (livre 6)

Chapitre Un

— J'en ai marre de ces conneries.

— Ne m'en parle pas, Renny.

Ren Landis se tourna vers la voix derrière lui. Il n'avait pas réalisé qu'il n'était pas seul.

Son ancien coéquipier des Boston Bulldogs et meilleur ami lui fit un grand sourire et une petite tape sur le cul.

— Pourquoi on participe à cette merde ? demanda Ren à Cole Dixon.

— Qui sait ? répondit Cole en haussant négligemment les épaules. Parce qu'on veut redonner à la société ?

— Redonner, répéta Ren en se moquant.

Il secoua la tête et soupira.

— C'est ça.

La pauvreté, le cancer, le SIDA, la famine, les catastrophes naturelles... Les causes étaient infinies. Mais c'était une manière de redonner. Cole avait raison.

Il avait eu une carrière réussie. S'était fait plus d'argent que nécessaire. Il avait gagné le respect du public, de ses camarades de la NFL, et la plupart du temps, des médias.

Imaginez ça. Lui. Le bon vieux Lawrence « Bras Long » Landis. Bon, pour la presse à scandales, ce n'était pas tout à fait vrai.

Plus il « redonnait », plus il recevait. Sa gloire ne s'était pas arrêtée après avoir pris sa retraite au bel âge de trente-deux ans, ce qui était jeune pour un quarterback. Non, les œuvres caritatives l'aidaient à rester sous les projecteurs. Il avait des sponsors, des spots publicitaires, des shows de télé-réalité, des cadeaux et des femmes. Énormément de femmes.

Alors, il ne devrait pas faire la pleurnicheuse et se plaindre de passer une soirée à un évènement caritatif. Bien qu'il pût être chez lui, à regarder *SportsCenter* sur ESPN. Ou même *Danse avec les Stars,* bon sang.

Ren sentit une main dans son dos.

— Holà, où t'es parti ?

— Nulle part, répondit Ren en secouant la tête.

Il feignit donner un coup de poing dans le ventre de Cole.

— Mince. Je veux juste terminer cette soirée.

De tous les évènements caritatifs auxquels il participait, les « enchères » étaient ce qu'il détestait le plus Le genre où il devait se mettre sur la scène et se pavaner. Où il n'était rien de plus qu'un bout de viande. Où il revenait au plus gros enchérisseur, qui se révélait généralement être une vieille qui ne connaissait rien au football. Ou une gonzesse qui savait seulement qu'il était « quelqu'un » de connu. Ou encore, une fan qui avait suffisamment d'argent pour « l'acheter » et attendait de lui plus qu'un dîner en échange de son argent.

— Sais pas pourquoi Dan continue de nous enrôler dans ces trucs. J'les déteste aussi.

Comme lui, Ren ignorait pourquoi. Dan était leur agent sportif à tous les deux. Il lui avait pourtant dit qu'il n'aimait pas les enchères. Il devrait lui faire comprendre. Encore une fois. La prochaine fois que Dan l'engagera pour un de ces trucs, il se prendra un coup de pied, pointure quarante-sept, dans son cul. Bonne cause ou non.

— Hé, Renny. Est-ce que je t'ai dit que ton cul semblait vachement bien ces derniers temps ? Et que ça me manque d'être derrière quand tu te penches ?

Ren gloussa. Il était habitué aux plaisanteries bon enfant de Cole. En effet, Ren était un ancien quarterback de la NFL chez les Boston Bulldogs. Et il était doué, en plus. Cole avait été son running back, son bras droit pendant toute sa carrière dans cette équipe. Cole n'avait jamais caché qu'il aimait le sexe, peu importe la personne, que ce soit un homme ou une femme. Ou même les deux en même temps.

En fait, Ren avait toujours envié la confiance de Cole en sa virilité, sa sexualité. Il lui rappelait un autre ancien coéquipier, Ty White.

Ty était dans une relation avec deux partenaires, un homme *et* une femme. Tombant sur lui à un évènement caritatif similaire un an auparavant, il avait souhaité lui poser un million de questions pour savoir comment tout ça marchait, mais il n'avait pas eu l'occasion. Il n'avait pas non plus voulu trop se mêler de leur vie privée.

Mais il était assurément curieux. Qui ne le serait pas ? La plupart des relations entre deux personnes étaient déjà assez compliquées. Ren était le roi des relations ratées. Mais y ajouter une personne supplémentaire ? Il secoua la tête.

Des applaudissements interrompirent les pensées de Ren. Il se décala sur son autre jambe. Cole et lui se tenaient derrière des rideaux dans une zone d'attente improvisée. L'image de requins attendant des appâts surgit dans son esprit alors que la voix de la maîtresse de cérémonie retentissait dans la salle.

— Mesdames et messieurs, nous sommes heureux que

vous ayez tous décidé de venir ce soir pour soutenir cette grande cause...

Ren eut l'estomac retourné. Avait-il dit qu'il détestait ces trucs ? Il les *haïssait*.

Il essuya ses paumes moites sur ses cuisses.

— Frangin, tu peux pas être aussi nerveux !

— Tais-toi, marmonna Ren, poussant Cole à exploser de rire.

Et pas d'un rire normal, mais exagéré. Avec des doigts, un rire gras et même une claque sur le genou. Il allait lui botter le cul. Juste après celui de Dan.

— Renny, t'es une putain de légende, mec ! T'es habitué à être la vedette !

— C'est pas pareil.

— T'es sérieux ? s'étonna Cole, la surprise visible sur son visage Cole.

— Je t'ai dit de la boucler, répéta Ren.

Le gars prenait plaisir à en rajouter.

— Si tu dois vomir, fais-le autre part.

— Je ne vais pas dégueuler. C'est juste que certaines de ces femmes sont tenaces. À me griffer, essayer de défaire mon pantalon, coller leur langue dans mon oreille. L'une d'elles a presque avalé mes boucles d'oreille.

Ren tira sur l'un des gros diamants sur son oreille.

— T'adores les femmes !

— Ouais, quand elles sont sexy ! Certaines, elles sont terrifiantes ! Bestiales, même !

Cole plaqua un bras autour des épaules de Ren et les pressa.

— Après tu vas dire que tu te sens violé.

Ren voulut effacer cet air suffisant de son visage. Mais Cole avait probablement raison. Ren se prenait trop la tête sur tout ça. Il était uniquement obligé de passer quelques heures avec la plus grosse enchérisseuse. Si elle choisissait d'aller voir un film, alors ce serait encore mieux. Deux heures dans l'obscurité sans parler.

— Pourquoi on est les seuls idiots à attendre dans cette pièce ? J'ai besoin d'air.

Il repoussa l'épais tissu noir censé faire office de « porte », et sortit d'un pas lourd avant d'entendre la réponse de Cole.

Il marcha à grands pas dans le bruyant couloir bondé, se faufilant entre les hommes et les femmes vendus aux enchères.

Il reçut plusieurs tapes sur le dos alors que les gens le reconnaissaient. Il se débarrassa d'eux avec un mouvement d'épaules et enfonça la porte de sortie suivante pour surgir dans la douceur nocturne de la soirée, inspirant profondément.

Des éclats de rire s'élevèrent à sa droite et un petit groupe de gens l'approcha. Il fut incapable de savoir de qui il s'agissait avant que les gens soient sous la lampe de sécurité du bâtiment.

— Renny ! Ça alors ! Quelles sont les chances de te croiser ici ? le taquina Quinn Preston en avançant vers lui, encadrée par deux hommes la tenant par le bras.

L'un noir, l'autre fortement bronzé, les deux arborant de grands sourires. Ren balaya Quinn du regard, de ses pieds vernis à sa tête.

Foutrement sexy.

— Magnifique comme toujours, Quinn, dit-il tout haut.

— Enceinte comme jamais, tu veux dire.

Ren étudia son ventre rond et lutta contre l'envie de tendre la main et le toucher.

— Toujours ravissante. Félicitations d'ailleurs.

Il se pencha vers Quinn et l'embrassa. Il visa la bouche, mais elle tourna la tête à la dernière minute, ses lèvres effleurant sa joue à la place. Il rit en se reculant. Ty trouverait la tentative drôle, mais Logan pas vraiment. Et c'était exactement pour cela qu'il l'avait fait. Il y eut une lueur dans le regard de Quinn.

— Vous savez qui est le père ?

— Non, répondit Quinn. Ça n'a pas d'importance.

— Eh bien, vous le découvrirez assez tôt quand le bébé sortira vanille ou chocolat. Plus aucun doute à ce moment-là !

— Même si je préférerais un mélange chocolat-vanille, je serai contente avec les deux saveurs, rétorqua Quinn en lui faisant un clin d'œil.

C'était une belle femme. Ty avait vraiment de la chance. Bien que Ren ne soit pas convaincu par le partage. Ty était ouvertement bi, alors peut-être qu'il avait les meilleures conditions en étant avec un homme et une femme. Quoi qu'il en soit, il ignorait comme ça fonctionnait dans leur relation, mais ça marchait. Aucun doute là-dessus.

Ren se rapprocha de Ty et donna une tape dans le dos à son ancien coéquipier des Boston Bulldogs.

— Frangin, j'espère que tes nageurs étaient les plus forts !

Logan éclaircit sa gorge et attira l'attention de Ren.

— Félicitations à vous deux.

Ren offrit sa main à Logan qui accepta l'invitation et la serra fermement. Mais il ne lâcha pas le bras de Quinn. En effet, Logan avait tendance à être possessif.

Pas que Ren puisse le lui reprocher. Il avait tenté de remporter sa femme, il y a un an, à une enchère semblable à celle-ci.

— Alors, j'ai entendu que tu étais la victime cette fois, Renny, dit Quinn en rapprochant ses deux hommes d'elle.

— Ouais. Quelle chance ! Par contre, j'ai décidé de botter le cul de Dan s'il m'engage dans d'autres trucs du genre.

Il inclina sa tête et examina Quinn.

— Vous allez enchérir sur moi ce soir et sauver un frère ?

Logan détacha son bras de celui de Quinn et le passa autour de ses épaules à la place, plantant sa seconde main sur son ventre gonflé. Un signe évident de possession.

— Elle a déjà les mains pleines, Renny, déclara Logan, sa voix un peu grave et tendue.

Logan était toujours obsédé par les enchères de l'année dernière. Il devait passer à autre chose.

— Je me souviens de cette horrible soirée où t'as essayé de m'acheter à l'évènement Des Maisons pour les Réfugiés. Difficile à croire que ça fait presque un an, songea-t-elle en fronçant les sourcils. T'as fait monter les enchères.

— Non. Je pensais juste que tu valais chaque centime. Et cette robe que tu portais... Waouuuuh.

Il passa une main sur son front, y essuyant la sueur invisible.

— Canon.

— Je ne rentrerais jamais dans cette robe maintenant.

— Rien de mal à avoir un bébé dans le ventre.

— Vraiment ? Est-ce que t'aimerais en avoir un ? plaisanta-t-elle en massant inconsciemment le creux de son dos.

— Je les fais, rétorqua Ren. Je ne les enfourne pas.

Ren entendit un son provenir de Ty et le vit se retenir de rire. Quinn donna un coup de coude dans les côtes de son amant.

— Très drôle, dit-elle sèchement.

Quinn repoussa une mèche de cheveux de son visage. Ren fut alors momentanément aveuglé par l'éclat d'une énorme pierre bleue sur son annulaire gauche.

— Je me rappelle ce saphir. Jolie bague. Mais il était bien plus sympa à pendre entre tes seins.

— Et maintenant, c'est ma bague de fiançailles.

— Ces gars sont trop radins pour t'offrir des diamants ? commenta-t-il en haussant ses sourcils.

— Le saphir appartenait à ma grand-mère décédée. C'est une façon de ne pas l'oublier.

Elle leva sa main et la fourra sous le nez de Ren.

— Tu vois les deux diamants des deux côtés du saphir ?

— On ne peut pas les rater non plus, dit Ren en capturant sa main et l'examinant.

Pendant qu'il avait sa main dans la sienne, il en profita pour l'éloigner de ses hommes et l'escorta pour la ramener par la porte arrière du bâtiment, dans le couloir. Ty l'attrapa avant qu'elle se referme derrière eux. Il la tint pour son deuxième amant, Logan.

— L'un est de Logan et l'autre de Ty.

— Bonne idée.

— Oui, gloussa Quinn. Très chouette.

— Alors, le clébard veut venir à notre cérémonie de fiançailles ? lui proposa Ty. Il n'y aura que quelques personnes.

— Oui, juste quelques-unes, reprit Quinn, impliquant qu'il y aurait bien plus de personnes que ce qu'elle souhaitait. On adorerait que tu viennes.

Ren ne rata pas son regard qui dévia vers Logan.

— Vous voulez *tous* que je vienne ? demanda-t-il en observant celui-ci.

— Bien sûr, répondit Logan en gardant une expression neutre. Viens. Ça va être un évènement très décontracté. En fait, amène un rencard.

La voix de la maîtresse de cérémonie retentit dans les haut-parleurs.

— Et maintenant, ce que vous attendiez tous... L'Enchère des Célébrités !

— J'dois y aller, dit Ren en grimaçant et jurant.

Proposition osée

— On t'enverra l'invitation par email, lui lança Quinn alors qu'il s'éloignait d'un pas pressé.

— Je serai là. Juste, promettez-moi qu'il n'y aura pas d'enchères.

Alors qu'il entrait sur l'estrade comme un prisonnier dans le couloir de la mort, se dirigeant vers la chaise électrique, des rires le suivirent.

Chapitre Deux

Ève Sanders tapota ses ongles fraîchement manucurés sur la table. *Clic. Clic. Clic. Clic.* Jusqu'à ce que son amie plaque sa main sur la table.

— Arrête ! Tu me rends folle. Et tout le monde à cette table !

Elle regarda Mélodie, qui était calme et sympa en attendant la dernière célébrité sur l'estrade à être « vendue ». Elle ferma les yeux pendant une seconde et déglutit. Péniblement.

— S'il te plaît, assure-toi que je ne perde pas.

— Si tu perds, c'est parce que tu t'es évanouie d'angoisse.

— Alors, prends ma raquette et enchéris pour moi.

— Ça ira, rit Mélodie en pivotant un peu sur son siège. Attends, je pense qu'il est après.

Le cœur d'Ève bondit presque de sa poitrine. Elle serra encore plus fort la raquette d'enchères dans sa main.

— Merde.

Elle aurait dû commander un verre. Ou deux.

Mélodie tapota son dos et rigola.

— Mesdames et messieurs, Lawrence « Bras Long »
Landis est le prochain. Quarterback retraité des Champions
du Monde, les Boston Bulldogs. Regardez-le, mesdames !
N'est-il pas beau ?

Ève scruta Ren Landis, remarquant la coupe hors de prix
de son costard, de même que l'air renfrogné qu'il avait. Il
n'était pas ravi d'être sur l'estrade. Pas bon signe. *Mince.*

Moue ou pas, il était un homme magnifique et bien bâti.
Il était grand, un mètre quatre-vingt-huit d'après la recherche
qu'elle avait faite. Sa peau avait un teint noir intense. Elle ne
pouvait pas discerner la couleur de ses yeux depuis sa place,
mais elle avait lu qu'ils étaient marron foncé.

Elle ne l'avait vu qu'une fois auparavant, lors d'un évènement caritatif similaire. Malheureusement, cette rencontre ne
s'était faite qu'à distance. Cette fois-là, il avait de courtes
tresses africaines. Maintenant, ses cheveux étaient coupés
court sur son crâne. Elle aimait cette coiffure. Il portait des
diamants carrés en boucles d'oreilles qui étincelèrent sous les
projecteurs alors qu'il se tournait et posait sans enthousiasme
au bout de l'estrade.

De la chaleur remonta entre les jambes d'Ève, la faisant
légèrement gigoter sur son siège. Les cuisses de Ren étaient
épaisses et musclées sous son pantalon de costume. Elle était
persuadée qu'elles avaient la force de...

Mélodie brandit une main devant son visage, interrompant sa concentration.

— Tu ne vas pas enchérir ?

En sursaut, Ève réalisa que les enchères avaient déjà
commencé et avaient atteint 900 $! Une dame derrière elle
cria 950 $.

Oh, génial. Pendant qu'elle avait rêvassé en observant
l'ancien joueur de la NFL, elle avait presque raté la raison
pour laquelle elle était ici.

— Allez, les filles, vous pouvez faire mieux ! hurla dans le micro la maîtresse de cérémonie. Cette star du football au corps svelte était le meilleur joueur quand les Bulldogs ont gagné le Super Bowl !

Ren devait forcer le sourire sur son visage parce qu'Ève put voir qu'il n'atteignait pas ses yeux. Pas du tout. Était-ce un tic au niveau de sa mâchoire ?

La maîtresse de cérémonie l'encouragea à enlever sa veste. Il le fit à contrecœur. Ses larges épaules meublaient sa chemise blanche alors qu'une grosse ceinture rouge décorait sa taille.

— Ève, relance avant que ce soit fini ! s'exclama Mélodie en lui donnant un coup de coude dans les côtes.

Les enchères étaient maintenant à 1050 $.

Ève se reprit et propulsa la raquette d'enchères en l'air.

— Deux mille dollars ! hurla-t-elle.

— Waouh ! s'exclama la maîtresse de cérémonie après avoir répété son offre. On fait un bond. Une enchère de deux mille dollars pour M. Séduisant ici !

Un murmure parcourut la foule.

— Deux mille cent dollars, lâcha une femme quelque part derrière elle en enchérissant encore contre Ève.

— Deux mille cinq cents dollars, continua Ève en faisant un sourire déterminé et levant à nouveau sa raquette d'enchères.

— C'est quoi ton offre maximale, Ève ? murmura Mélodie en se penchant vers elle.

Ève l'ignora.

Mélodie lui remit un coup de coude dans les côtes.

— Ève ! répéta-t-elle sans chuchoter. C'est quoi ton offre maximale ?

— Celle qui me permettra de le remporter, souffla enfin Ève.

— Quoi ?

— Deux mille six cents, hurla à nouveau la femme derrière elle.

Ève voulut se retourner et jeter un regard mauvais à l'autre enchérisseuse, mais à la place, elle fit une moue et lâcha une bouffée enragée. Elle n'allait plus jouer à ce jeu. Elle était venue ici pour remporter Ren Landis, et elle allait le gagner. Bon sang ! À n'importe quel prix.

— Cinq milles, déclara-t-elle en se levant sans sa raquette.

Cette fois, ce ne fut pas que des murmures. Ève entendit quelques cris de surprise, un « Allez, meuf », mais aussi des applaudissements effrénés derrière elle. Elle se tourna pour apercevoir la personne qui applaudissait bruyamment et vit Quinn Preston, encadrée par ses deux amants, à la table dans un coin éloigné.

— Vous pouvez l'avoir, dit l'autre enchérisseuse d'une voix dégoûtée.

La maîtresse de cérémonie répéta plusieurs fois son offre, attendant que quelqu'un annonce une autre enchère. Ève ferma les yeux, redoutant d'entendre le montant suivant. La maîtresse de cérémonie continua d'encourager l'audience, essayant d'obtenir une enchère un peu plus élevée. Heureusement, personne ne réagit.

— VENDU ! hurla enfin la maîtresse de cérémonie. À cinq mille dollars pour l'enchérisseuse numéro quatre-vingt-dix-huit !

Toujours debout, Ève ouvrit les yeux et scruta l'estrade. Son regard croisa celui de Ren. Ses sourcils étaient levés et elle lui fit un sourire timide. Il lui répondit avec un mouvement de tête et un sourire. Il y avait quelque chose dans celui-ci, prenant Ève par surprise, mais elle fut incapable de trouver ce que c'était.

Proposition osée

Elle sombra sur sa chaise. Elle avait peut-être croqué plus que ce qu'elle pouvait mâcher.

Il pivota sur ses talons et partit à grandes enjambées de l'estrade, disparaissant derrière les rideaux.

— Mince, Ève. Cinq mille dollars. Je sais que tu le désirais à n'importe quel prix, mais bon sang ! Je ne sais même pas pourquoi tu le voulais autant...

Ève ne souhaitait pas avoir à mentir à son amie, alors avant de répondre, elle réfléchit bien. Alors qu'elle avait du mal à trouver l'explication qui ne l'embarrasserait pas, le rideau de la scène s'ouvrit à nouveau et la célébrité suivante entra d'un pas nonchalant. Dire qu'il déambulait était un euphémisme. Il y avait une oscillation au niveau des hanches de l'homme, assez pour attirer le regard d'Ève. Un sourire traversa son visage. Maintenant qu'elle avait une victoire à sa ceinture, son assurance avait augmenté de quelques crans.

— T'es prête à payer ? lui demanda Mélodie.

— Tu n'enchéris pas du tout ce soir ? l'interrogea Ève sans tourner la tête.

— Non. Je ne peux pas m'offrir la plupart de ces rencards. Alors je suis prête à y aller, si tu l'es aussi.

Ève fit une moue et observa l'homme actuellement sur l'estrade. Il se délectait d'être la vedette.

— Je ne suis pas prête.

— Euh, OK. Je suppose que ça ne fait pas de mal de se faire encore plaisir aux yeux.

La maîtresse de cérémonie introduisit l'homme aux larges épaules qui se trouvait sur la scène.

— Mesdames, mesdames, mesdames et messieurs, voilà un autre visage charmant pour vous. Et le reste de son corps n'est pas mal non plus ! Et devinez quoi ? Un ancien coéquipier du dernier soupirant au cœur enflammé !

Il n'était pas aussi grand que Ren. Mais presque. Elle dirait près d'un mètre quatre-vingt.

— Cole Dixon est l'ancien demi-offensif de la NFL qui a également aidé les Bulldogs à remporter le Tournoi du Super Bowl. J'ai entendu dire qu'il connaissait des mouvements intéressants !

Il fit un sourire blanc pétillant à l'audience, ce qui contrastait avec son intense teint hâlé, le genre qu'on obtient uniquement en passant beaucoup de temps dehors. Il défila jusqu'au bout de l'estrade, puis s'arrêta avec les jambes écartées et les bras croisés, lui donnant un air ravageur. Son costard se resserra autour de ses épaules avec sa posture, offrant un aperçu de leur vraie amplitude à toutes les femmes de la salle. Elle se souvint d'avoir vu de nombreuses photos de Cole Dixon quand elle faisait des recherches sur Ren. Ils étaient proches et se faisaient beaucoup photographier ensemble par les paparazzis. Elle ne parvenait pas vraiment à distinguer ses yeux verts d'où elle était, mais sur les photos, ses yeux étaient incroyables.

— Alors, les filles, qui veut enchérir la première ?

Il ne semblait pas mal à l'aise sur l'estrade, contrairement à Bras Long Landis. Elle se demandait quel était le surnom de Cole ou s'il en avait un.

— Il est canon, dit doucement Mélodie en se penchant.

— Oui, répondit Ève en repoussant sa chaise. Il l'est.

Elle se leva, oubliant de prendre sa raquette d'enchères. Elle essaya de dire « Cinq milles », mais sa voix se fissura. Elle réessaya, plus fort cette fois.

— Cinq milles !

— Ève ! s'exclama Mélodie en tirant sur son bras. Qu'est-ce que tu fais ?

— J'enchéris, répondit-elle sans un regard pour son amie.

Elle croisa les yeux de Cole sur l'estrade.

— Non, je n'enchéris pas, murmura-t-elle. Je gagne.

— Je n'ai même pas eu une chance avant qu'elle enchérisse ! se plaignit sa concurrente derrière elle en jurant.

La maîtresse de cérémonie la fixait, presque comme si elle attendait qu'Ève rétracte son offre en disant qu'elle avait fait une erreur.

— Madame, vous avez déjà remporté le dernier rencard pour cinq mille dollars.

Ève leva un peu le menton, ses yeux ne quittant jamais le visage de Cole.

— Oui, et je le veux aussi.

Sa réponse suscita quelques gloussements dans la foule.

Cole lutta pour garder son sourire éclatant en place, mais il avait clairement du mal.

— Eh bien, d'accord. D'autres enchérisseuses ? L'offre la plus élevée est à cinq mille dollars. Cinq milles. Cinq milles. Quelqu'un d'autre ? Cinq mille cent ? Cinq mille cent ? Non ? Personne ? Alors, partons pour cinq mille dollars. Une fois. Deux fois. VENDU ! À cinq mille dollars pour l'enchérisseuse quatre-vingt-dix-huit.

La maîtresse de cérémonie resta figée avec le micro dans les mains. Puis, Ève put la voir se secouer mentalement pour poursuivre les enchères.

— Euh, OK. Merci, Monsieur Dixon.

Cole Dixon ne bougea pas d'un cheveu. Il se tenait les jambes écartées, les bras toujours croisés sur son torse. Il fixait simplement Ève.

Elle déglutit et se rassit.

Cole lécha ses lèvres et son sourire éclatant fut de retour.

— Monsieur Dixon, vous pouvez quitter la scène à présent, dit la maîtresse de cérémonie dans le micro. Merci.

Ce fut encore assez fort pour qu'Ève puisse entendre.

Cole resta où il se trouvait. Puis, il commença à avancer, comme s'il allait bondir de l'estrade.

— Merci, Monsieur Dixon, dit la maîtresse de cérémonie en attrapant son bras. S'il vous plaît, partez par là.

Elle lui fit signe d'aller vers l'arrière de la scène, derrière le rideau.

En penchant la tête, il souffla un baiser à Ève avant de se retourner et quitter l'estrade.

Non. *Maintenant,* elle avait croqué plus que ce qu'elle pouvait mâcher.

Chapitre Trois

Juste après qu'Ève eut remporté Cole, Mélodie l'avait tirée de sa chaise et l'avait traînée pour régler sa note. Elle n'allait pas permettre à Ève de dépenser plus d'argent sur d'autres hommes. Cela lui convenait. Elle avait atteint son objectif. Elle avait ressenti une sérénité tranquille en écrivant son chèque de 10 000 $. Ou c'était ce qu'elle avait essayé de se dire. Cela se révélait être le calme avant la tempête.

Avait-elle vraiment « acheté » deux hommes pour d'abominables raisons ? Elle ravala le rire nerveux qui voulut sortir durant leur trajet retour en voiture. Non, elle n'avait pas « acheté » deux hommes, elle avait acheté deux rencards. Des rencards. C'était tout. Et quand elle réalisa combien elle avait dépensé, elle se dit que c'était pour une bonne cause. *Bien sûr.*

Maintenant, deux jours plus tard, elle fixait la carte de visite posée sur la table de sa cuisine, comme une tranche de bacon. Cette carte appartenait à l'agent sportif des hommes, Daniel Osbourne. Puisqu'elle n'avait vu aucun des deux hommes après les enchères, on lui avait donné la carte de l'agent à la place, avec ses informations pour le contacter. Ce Dan était censé organiser les rencards. Elle avait lutté contre l'envie de l'appeler le jour suivant, mais elle ne voulait pas paraître pressée. En plus, elle se remettait encore de ses émotions. Mais trac ou non, elle était désireuse de mettre les choses en branle. Ou plutôt, que les mecs se branlent, pensa-t-elle. Un gloussement nerveux échappa de sa bouche.

Elle la couvrit avec sa main, horrifiée. Ce n'était pas *du tout* son genre.

Alors qu'elle levait son téléphone, il sonna, ce qui la surprit. Le combiné glissa presque de ses doigts tremblants, mais elle le rattrapa avant qu'il tombe sur les dalles du plancher. Le numéro de l'appel entrant s'afficha comme « masqué ».

Elle ne répondait jamais aux numéros inconnus. Elle posa le portable sur la table, comme si la personne qui appelait pouvait la voir tenir le téléphone et ignorer son appel. Elle était ridicule. Alors que la sonnerie se taisait enfin, elle soupira de soulagement. Pourquoi était-elle autant à cran ?

Oh ! C'était parce qu'elle était sur le point de contacter cet agent au sujet des *rencards*.

Avait-elle des doutes ?

Non. Elle ne se dégonflerait pas. Pas moyen. En aucune façon. *Continue de te le dire.*

Elle sursauta alors que son téléphone sonnait à nouveau. *Numéro masqué.*

Qui masquait son satané numéro en espérant que les gens décrochent ?

— Allo ? dit-elle après avoir glissé son doigt sur l'écran.

— Oh, salut ! répondit une voix masculine. Je ne pensais pas que tu prendrais l'appel. J'allais laisser un message cette fois.

— C'est qui ?

Un gloussement d'un ton grave chanta dans mon oreille.

— Tu ne reconnais pas ma voix ?

— Est-ce que je le devrais ?

Devrait-elle savoir qui c'était ?

— Mince ! Je suis blessé.

— Est-ce que vous avez le mauvais numéro ?

— J'espère que non.

Attendez. Ça ne pouvait pas être...

Elle tira une des chaises en bois vers elle, sa main tremblant avec l'adrénaline.

— C'est Ren.

— Ren, répéta lentement Ève.

— Waouh. Tu me tues là. Ouais, tu sais... Ren Landis ? Je suis le gars pour lequel t'as payé cinq mille dollars ? Tu te souviens de lui ?

Ève sombra sur la chaise de sa cuisine, froissant la carte de visite dans sa main.

— Oh, Ren. Oui. Je suis désolée.

Elle déglutit difficilement.

— J'allais appeler votre agent. Je ne m'attendais pas...

— Aaaaah, je te taquine juste. Je souhaitais discuter du rencard. J'ai eu une idée et je voulais avoir ton accord.

— Oh, vraiment ? J'ignorais qui choisissait le déroulement du rencard.

Ève l'entendit pouffer. Elle jura dans sa barbe.

— Je voulais dire, où on irait. Qu'importe.

Elle tapa plusieurs fois son front avec son poing. Elle devait se reprendre.

— Eh bien, d'habitude je laisse la dame choisir, mais c'est pour ça que j'appelle. Je ne voulais pas passer par Dan. Je souhaitais d'abord voir ça avec toi.

D'habitude ? Combien de fois avait-il fait ça ?

— Allez-y.

— J'ai un pote qui a une soirée samedi prochain. Je pensais que tu pourrais m'y accompagner. À moins que t'aies autre chose de prévu...

— Non. Je... En réalité, je n'avais pas réfléchi à ce qu'on ferait. Je suppose que ça pourrait être sympa. Ma venue ne le dérangerait pas ?

— Non. On m'a dit d'amener un rencard. Il y a juste un petit hic.

— Lequel ?

— C'est une cérémonie de fiançailles.

— Tu veux dire quoi par là ? Je sais ce qu'est une soirée de fiançailles, mais pourquoi il y a un « petit hic » ?

Le téléphone fut silencieux un moment. À l'autre bout du fil, Ren prit une profonde inspiration.

— Je vais juste le dire. C'est mon ancien coéquipier, Ty White. Lui et ses... Amants... Partenaires... Euh, s'engagent les uns envers les autres... Puisque je suppose que trois adultes ne peuvent pas légalement se marier. Enfin, j'imagine... Je ne sais pas.

Ève se revigora. Elle devrait peut-être mettre fin aux souffrances de Ren. Mais sa tête tournait trop vite pour digérer ce qu'il disait.

— Attends. Attends ! Tu parles de Quinn Preston et de ses deux copains ?

— Oui, répondit Ren avec une surprise évidente. Tu la connais ?

— Oui. Je l'ai rencontrée. Il y a longtemps.

En réalité, c'était la première fois qu'Ève avait vu Ren Landis. C'était à l'évènement caritatif Des Maisons pour les réfugiés que la mère de Quinn avait organisé. Un rencard avec Quinn avait été mis aux enchères. Ève avait observé la bataille entre Logan, le copain de Quinn, et Ren. Elle ne l'avait jamais oublié. C'était à ce moment-là qu'elle avait remarqué Ren et elle ne l'avait pas sorti de sa tête depuis. C'était en partie pour ça qu'elle avait suggéré Ren, puisqu'elle avait un siège au conseil d'administration de l'association, puis plus tard Cole. Elle avait souhaité qu'ils fassent partie de la vente aux enchères qui s'était tenue l'autre soir.

Voir Quinn avec ses deux hommes à ses côtés avait attisé sa curiosité sur l'idée d'aimer et de jouir avec plus d'un homme en même temps. Elle n'avait même pas su où commencer pour explorer quelque chose du genre dans sa vie. Et maintenant, grâce à son intérêt pour Ren, la chance de rencontrer Quinn et d'être potentiellement capable de lui poser des questions tombait dans ses bras. Elle ne s'y était pas attendue quand elle avait déboursé le cinq mille pour un rencard avec Ren. C'était un bonus insoupçonné.

— J'adorerais y aller. Je voulais contacter Quinn dans tous les cas et ce serait l'occasion parfaite pour une discussion entre filles.

Du moins, Ève espérait que Quinn serait prête à lui parler. De ce qu'elle savait sur Quinn, c'était une personne ouverte et amicale. Et elle était très fière de ses hommes.

— Eh bien ! C'était trop facile.

— Oui, rit Ève. J'aimerais beaucoup t'accompagner à la cérémonie. Est-ce que ce sera officiel ou dans une église ?

— Non. L'émail a dit que ce serait chez eux. C'est décontracté. Par contre, malheureusement, c'est à quelques heures de route pour moi. J'espère que le voyage ne te dérange pas.

— Non, pas du tout.

Pas si cela donnait la chance à Ève d'avoir des conseils de la part de Quinn. Sans oublier de passer plus de temps avec Ren qu'elle n'en aurait cru en ayant un rencard classique.

Puisqu'il s'était avéré qu'Ève habitait à presque une heure de chez Ren, il avait demandé à un chauffeur de passer la chercher. La voiture qui arriva était une berline aux vitres teintées. Ce n'était peut-être pas une limousine, mais elle put s'asseoir à l'arrière et savourer un verre de champagne pendant le voyage. Elle ne se faisait jamais plaisir comme ça. Elle n'avait même pas eu de limousine pour son mariage.

Ève et son mari n'avaient pas été riches. Ils avaient vécu modestement, ce qui était typique de la classe moyenne... Ou ce qui avait été la classe moyenne, puisque c'était à présent une espèce en voie de disparition.

Mais son mari n'était pas devenu médecin pour être riche. Jamais pour être riche. Il voulait vraiment aider les gens. Il avait été humaniste dans l'âme, traitant tout le monde sur un même pied d'égalité. Elle avait adoré cette facette chez lui. C'était une de ses qualités les plus attachantes, un de ses plus grands atouts. Il avait d'ailleurs travaillé pour Médecins Sans Frontières pendant un an.

Sa générosité et son altruisme avaient fait d'Ève une meilleure personne.

Et bien qu'ils eussent vécu modestement, il s'était assuré qu'elle ne fut pas dans le besoin s'il mourait. Il avait pris quelques assurances vie. Une dont elle avait eu connaissance. Les autres, non.

Grâce à cela, elle avait maintenant plus d'argent qu'elle n'avait imaginé, bien que ça ne vaille pas la perte de son âme sœur.

Jamais.

Ève secoua la tête pour se remettre les idées en place. Elle voulait que cette soirée soit le début du prochain chapitre de sa vie. D'être plus imprévisible, de vivre plus en marge. De poursuivre courageusement ce qu'elle désirait. La mort de son mari prouvait que la vie était courte, alors il fallait l'apprécier tant qu'on le pouvait...

Le chauffeur sortit de la route vers une longue allée en pierres, soulevant la poussière dans son sillage. Alors qu'ils approchaient d'une clairière, un magnifique et immense ranch en rondins apparut. Même dans l'obscurité, il étincelait comme un diamant, tout éclairé.

La voiture s'arrêta dans une allée circulaire. Avant que le chauffeur puisse ouvrir la porte, quelqu'un l'y devança.

Cole Dixon tendit une main et elle la prit avec gratitude alors qu'il l'aidait à sortir de la voiture. Il n'était assurément pas celui qu'elle s'attendait à voir. Alors qu'elle se dépliait du siège arrière, ce fut difficile de rater le sourire malicieux qu'il arborait.

Une fois qu'elle eut repris son équilibre sur ses talons au milieu de l'allée en pierres, elle lissa sa robe courte. Parfois, ce n'était pas vraiment raffiné de sortir d'une voiture en robe. Porter des talons hauts ne lui facilitait pas la tâche.

— Salut, dit-elle en n'essayant même pas de dissimuler la surprise dans sa voix.

— Salut, répondit-il en offrant son bras.

Elle le prit, encore une fois reconnaissante de son aide.

— Je parie que tu t'attendais à Renny.

Elle le regarda du coin de l'œil, mais détourna rapidement son attention vers ses pieds jusqu'à ce qu'ils aient atteint une surface lisse au pied des marches qui conduisaient jusqu'à un énorme porche enveloppant. Elle s'arrêta.

— Oui. C'était censé être son rencard ce soir.

Il baissa son bras et attrapa sa main avant qu'elle puisse reculer. Levant son bras au-dessus de sa tête, il la fit lentement tourner comme une ballerine dans une boîte à musique. Il lâcha un sifflement.

— Très joli !

Elle n'allait *pas* rougir. Non, ça n'arriverait pas !

Elle avait mis l'une de ses petites robes noires préférées, trouvée dans son placard. Celle-ci lui arrivait à mi-cuisses et l'avant de la robe avait une coupe en losange. Alors elle révélait un décolleté tentant, mais pas indécent. Sexy, mais assez modéré pour laisser place à l'imagination. Le col entourait la base de sa gorge, dénudant ses épaules. La robe enlaçait ses courbes comme la main d'un amant. La coupe en losange était dupliquée à l'arrière de la robe. Avec ses cheveux relevés, quelques mèches libres tombaient dans son dos pour chatouiller la peau exposée par la coupe.

Alors qu'il finissait de la faire tourner, elle fut de nouveau face à lui. L'envie dans ses yeux était indéniable. Et soudain, elle sut qu'elle avait pris la bonne décision en enchérissant sur Cole. Il respirait la luxure et le sexe, mais aussi l'espièglerie. Et cette découverte la fit assez frissonner pour que la chair de poule se répande sur son corps. Ses tétons durcirent sous le tissu noir de la robe et le mouvement des yeux de Cole révéla qu'il n'avait pas non plus manqué sa réaction.

— Cole ! Tu vas me voler mon rencard toute la soirée ?

Ève tourna sa tête pour voir le bel homme grand et noir descendre les marches pour les retrouver.

— Je le pourrais, murmura Cole, sans que son regard quitte le visage d'Ève.

— T'aurais dû amener ton rencard, idiot.

— Tu es venu tout seul ? demanda Ève à Cole.

— Je suis venu avec Renny. Mais si j'étais lui, je serais plutôt passé te chercher.

Alors que Ren atteignait la base des larges marches, il poussa Cole avec sones épaule.

— Mais ce n'est pas ton rencard et tu ne l'as pas fait, alors disparais maintenant, rétorqua-t-il en se mettant devant Ève. Excuse ce débile. T'es magnifique. Merci d'être venue.

— Merci d'avoir proposé, répondit-elle en penchant la tête.

— Eh bien, je ne pouvais pas garder Cole comme rencard toute la soirée. Il a toujours été doué pour s'occuper de mes boules, mais...

Elle rit et prit son bras quand il le lui offrit. Il commença à l'escorter dans les marches, mais s'arrêta.

— Cole, vas-y d'abord. Autrement, tu vas regarder son cul pendant toute la montée. Pas que je le lui reproche, chuchota-t-il en se penchant vers Ève, assez fort pour que Cole entende.

— Zut ! se plaignit Cole. Tu ne peux même pas donner un os à ronger à un frère.

À la place, Ève put se délecter des mouvements du fessier puissant de Cole sous son pantalon alors qu'il grimpait les marches en courant pour rentrer dans la maison. Elle devait admettre que la vue était spectaculaire.

— Tu n'avais pas à te pomponner, mais je ne me plains pas, dit Ren alors qu'il l'escortait dans l'escalier jusqu'à la porte d'entrée. Cette robe est parfaite sur toi.

— Merci.

Elle était peut-être habillée d'une manière un peu trop élégante pour cet évènement décontracté. Mais aucun des deux hommes n'était négligé. Les deux avaient des chemises à col avec un pantalon. Ève n'avait pas manqué non plus la pression sur le tissu au niveau des cuisses hautement musclées de Ren quand il avait monté les marches. Son corps criait la puissance.

La distraction la fit un peu trébucher, mais Ren la rattrapa en resserrant la prise sur son bras.

— Tout va bien ?

— Parfaitement.

Il la guida dans les dernières marches menant à la

maison. Alors qu'ils entraient dans une grande pièce ouverte avec un plafond cathédrale, elle fut impressionnée. La maison alliait parfaitement le côté rustique et le côté élégant. Des gens allaient et venaient dans la pièce en bavardant, discutant et rigolant. Elle repéra Cole à parler avec Logan Reed dans un coin, pendant que Ty White se tenait près de Quinn à une table entassée de hors-d'œuvre. Ty tendait patiemment une assiette à Quinn qui la remplissait. Il avait une main dans le creux de son dos, le frictionnant alors qu'elle longeait la table.

— T'as faim ? demanda Ren en guidant Ève dans la direction du couple.

— Pas encore, répondit-elle en secouant la tête. Peut-être plus tard.

Ren salua Quinn et Ty. Quinn était occupée à fourrer de la nourriture dans sa bouche et remplir son assiette. En réalité, Ève se douta que la plupart des hors-d'œuvre n'atteignirent pas l'assiette.

— Ne jamais se mettre entre de la nourriture et une femme enceinte, les avertit Ty.

— J'ai l'impression de nourrir une armée, rit Quinn, puis elle se tourna vers Ève. Je suis ravie de voir que Renny a amené un rencard.

— C'est celle qui a payé tout cet argent pour m'avoir l'autre soir.

Quinn fit un *O* avec sa bouche et Ty étudia Ève d'un peu plus près.

— Pourquoi tu ferais ça ? demanda-t-il.

Ève leva sensiblement ses épaules nues et rit.

— Tu ne penses pas qu'il les vaut ?

— Non, il ne les vaut assurément pas, répondit Ty en la regardant avec un air sérieux.

— Foutaise ! rétorqua Ren en feignant mettre un coup de poing dans le ventre de Ty. Je vaux chaque centime.

— Tu ferais mieux de ne pas lui faire regretter, pouffa Quinn. Je ne comprends pas, ajouta-t-elle à l'attention d'Ève en haussant les épaules. Mais chacun son truc. Désolée de ne pas t'avoir reconnue comme la gagnante, mais on était assis dans le fond.

— Et elle était trop occupée à se gaver et protéger son assiette comme une guépard affamée pour y faire attention, plaisanta Ty.

Quinn lui répondit en levant les yeux au ciel.

— À quelle heure est la cérémonie ?

Ren sembla vouloir changer le sujet et cela convint bien à Ève. Elle n'était pas d'humeur à révéler pourquoi elle avait dépensé une grosse somme d'argent pour un rencard, mais également pour un deuxième. Elle souhaitait garder cette information pour elle à ce stade.

— Merde, lâcha Quinn en regardant la montre de Ty. Bientôt. Je dois manger d'abord !

— Tu *as* mangé ! rétorqua Ty en levant les yeux au ciel cette fois.

— Oooooh, dit Ren en tendant ses paumes devant lui. Ne jamais contrarier une femme enceinte.

Ève se glissa à côté de Quinn avant qu'elle frappe Ty à la ceinture.

— Quinn, ça t'ennuierait de prendre quelques minutes avec moi plus tard pour discuter ? J'ai quelques questions pour toi.

— Bien sûr, dit Quinn en fronçant les sourcils. Est-ce que ça concerne Des Maisons pour les réfugiés ?

Ève se mit entre les deux hommes, bloquant la vue de son visage. Elle hocha la tête, mais en même temps articula silencieusement *non*.

— Euh. Bien sûr.

Quinn ouvrit la bouche pour dire autre chose, mais s'agita de douleur.

— Bon sang. Cet enfant va être un botteur de la NFL.

Elle frotta son ventre avec sa main libre de toute nourriture.

Ty contourna Ève pour placer une main sur le ventre de Quinn, à la recherche des coups de pied.

— C'est bien mon garçon ! La prochaine star de la NFL.

Ève scruta le couple affectueux alors que Ty s'éloignait avec Quinn.

L'air de fierté sur le visage de l'homme était indéniable, même s'il ignorait qui était le père biologique du bébé de Quinn. Il semblait s'en moquer. Ève espérait que cette attitude se poursuivrait une fois que le bébé serait né. Elle se demandait si c'était vraiment possible que deux hommes puissent être pères d'un bébé, sans avoir de problèmes. Si c'était possible, elle se dit que ces trois-là en seraient capables. Elle avait lu en ligne qu'ils savaient déjà que c'était un garçon et le nommerait Preston Reed White. L'association parfaite de leurs noms de famille.

— Allo ? Est-ce que t'es là ?

Ève réalisa qu'elle avait été prise dans ses pensées, et se tourna alors vers le bel homme près d'elle.

— Désolée.

— Où t'étais partie ?

— Ils ont une magnifique maison, répondit-elle en secouant la tête. Est-ce qu'ils dorment tous dans la même chambre ?

— T'étais partie sur ce terrain-là ? Bon sang ! J'aime une femme qui réfléchit aux trucs importants.

Il rit à sa taquinerie.

— Mais oui. Ty m'a dit une fois que c'était le cas.

— Alors t'as aussi demandé ?

— Bien sûr ! Je ne suis qu'humain.

Il agita ses sourcils et lui fit un large sourire. Son sourire était magnifique et contagieux.

— Tu souhaites aller jeter un coup d'œil ?

— Non ! s'exclama Ève alors que la chaleur remontait sur ses joues. Je ne veux pas pénétrer dans leur intimité.

Ren fit un geste de la main, comme si ce n'était pas un drame.

— Très bien. Sortons pour se trouver un siège. Il semblerait que l'attention de tout le monde se tourne dans cette direction.

Ils suivirent le flux de personne qui sortait sur la terrasse arrière et descendant les marches vers le jardin. La pelouse bien entretenue du jardin parut ne pas avoir de limite puisque le jardin était entouré de champs de gazon. Tout le monde savait que les trois géraient une entreprise fructueuse de pelouse. Certains de leurs plus gros clients étaient les stades de football, que ce soit au lycée, à l'université ou même les stades professionnels.

De nombreuses chaises pliantes étaient arrangées face à la magnifique voûte en treillis recouverte de lierre, de fleurs et de petites lumières blanches scintillantes. C'était très romantique et Ève ressentit un pincement de nostalgie. Elle désirait une relation aussi solide et aimante que celle qu'avait ce trio.

Ren leur trouva des sièges. Avant qu'elle puisse s'installer sur le sien, Cole vint sur sa droite pour s'asseoir à côté d'elle.

— Salut.

Elle le scruta et lui rendit son sourire.

— Salut.

Il était extrêmement bel homme. C'était dur de le regarder et de ne pas sourire. Elle dut un peu s'ajuster sur sa chaise alors que les larges épaules des deux hommes grignotaient un peu de son espace personnel. Pas qu'elle s'en plaignit ! Qui de sain d'esprit se lamenterait d'être prise en sandwich entre deux hommes si virils ?

Ses narines se dilatèrent, saisissant le délicieux parfum de Ren alors qu'il se penchait au-dessus d'elle pour s'adresser à son ami. Il sentait assurément assez bon pour qu'elle le mange.

— Tu vas devoir attendre ton tour, Dix.

— Oh, c'est ton rencard officiel ce soir ? plaisanta-t-il. T'es sûr ?

Cole fit un clin d'œil à Ève.

Elle retint un gloussement face à la rivalité enjouée entre eux.

— Tu ferais mieux de ne pas croire que c'est ton rencard aussi, signala-t-elle à Cole.

— Oh, crois-moi. Ce n'est pas le cas. Ce soir n'est qu'un bonus pour moi. J'ai hâte de faire notre rendez-vous. Je te promets que ce sera plus privé.

Ren lui fit un regard tranchant et eut l'air de vouloir répondre à l'autre homme, mais le violoniste commença à jouer, il se réinstalla donc dans sa chaise.

À la fin du rapide service touchant, aucun des trois concernés par cette cérémonie de fiançailles n'avait les yeux secs. Mais quand Quinn et ses hommes se tournèrent pour faire face à la petite audience, malgré leurs larmes, ils portaient tous des sourires éclatants et semblaient extrêmement heureux. Totalement comblés.

Ils s'étaient engagés les uns aux autres pour le reste de leurs vies. Ils ne pourraient sûrement jamais se marier légalement en tant que trouple, mais c'était presque pareil. Ils avaient terminé en échangeant des bagues avec un symbole infini au lieu d'alliances. Ève pensa que c'était la note finale parfaite.

Proposition osée

Le reste de la soirée comprit un feu de joie, de la musique, beaucoup de nourriture et une fête. Ren fut un gentleman parfait... La majorité du temps.

Durant la cérémonie, il toucha sans cesse Ève. Son bras, son genou, son coude. Des contacts pouvant être considérés comme courtois, mais qui s'attardaient un peu plus que nécessaire. Chaque frôlement de ses doigts provoquait un rapide frisson ou la chair de poule, ou même le durcissement des tétons d'Ève.

Il savait très bien ce qu'il lui faisait. Et elle le surprit plusieurs fois avec un large sourire.

Il plaça une main sur son coude alors qu'il la guidait à présent dans la salle pour saluer les autres invités, et à nouveau pour l'éloigner quand Cole s'approcha.

— T'es généralement aussi tactile avec les autres rencards des enchères ?

Il gloussa et secoua la tête, les diamants de ses oreilles réfléchissant les lueurs des lampions suspendus à l'immense terrasse à l'arrière de la maison.

— Non. Habituellement, je suis celui qui rejette les femmes. Elles ont l'impression de m'avoir acheté, donc elles peuvent faire ce qu'elles souhaitent. Tu sembles... être différente.

Peut-être pas si différente, après tout. Si seulement il savait ce qu'elle pensait, ce qu'elle prévoyait. Il finirait peut-être aussi par la repousser.

— Cole m'a dit que tu l'avais aussi acheté ce soir-là.

Acheté. Cela sonnait... Faux.

— J'étais la plus offrante, tu veux dire, le corrigea-t-elle.

— Acheté. La plus offrante. Même merde. Juste des mots plus coquets.

Il la scruta un moment.

— Tu te sentais généreuse ce soir-là ou...

— Je suis peut-être simplement seule.

— J'en doute.

Ève haussa les épaules en réponse, mais fut soulagée qu'il n'insistât pas pour obtenir de réponses.

Il mit une main dans son dos et la largeur de celle-ci couvrit entièrement le creux de son dos. De grandes mains puissantes étaient nécessaires pour maintenir et lancer un ballon avec précision. Elle se surprit à baisser les yeux vers ses chaussures.

Il fit de même.

— Taille quarante-six.

Elle ferma les yeux et eut au moins la décence de rougir avant de croiser son regard.

— Je n'étais pas...

— Oh que si, répondit-il en lui faisant un grand sourire.

Il la mena vers le côté opposé de la terrasse, sa main la guidant avec fermeté vers le petit bar installé dans le coin.

— Laisse-moi te payer un verre.

— Ce n'est pas un bar payant.

— Fais-moi plaisir. Qu'est-ce que tu souhaites ?

— Un martini bien chargé. S'il te plaît, ajouta-t-elle rapidement.

— T'as entendu ? demanda-t-il au barman, un jeune homme qui ne paraissait pas avoir plus de vingt-et-un ans. Elle aimerait un martini. Mais elle le voudrait *bien chargé.*

— Oui, Monsieur Landis. Et pour vous ?

— Ce que tu as en pression.

Une fois qu'ils eurent leurs verres en main, ils se déplacèrent vers un coin plus calme.

— Alors, t'es un séducteur ?

Il observa la foule, la parcourant des yeux, avant de reposer son regard sur elle. Il inclina légèrement la tête, comme pour lire ses pensées. Il rompit leur contact visuel et fixa à nouveau un point derrière son épaule. Elle se tourna un peu pour voir, mais n'aperçut rien hors de l'ordinaire.

— Oh, j'aime les femmes, dit-il en prenant une gorgée de bière. Mais elles ont tendance à ne plus m'apprécier après un moment.

— J'en ai vu certaines dans les magazines à potins. Dur de les rater aux caisses du supermarché. Elles ont l'air d'en mettre « plein la vue ».

— Ne crois pas tout ce que tu lis.

— C'est bon à entendre, murmura Ève.

Elle ne voulait pas admettre qu'elle en avait acheté un, ou deux, dans le passé quand il avait été en couverture. Généralement avec une magnifique mannequin à son bras. Ou dans un club. Ou dans l'une de ses voitures de luxe.

Elle pensa à toutes les recherches qu'elle avait faites en ligne sur lui. Tout ce qu'ils pouvaient dénicher sur lui, ils le faisaient. Des tests de paternité. Un coup de poing à un photographe. Larguer un rencard célèbre dans une boîte bondée.

— C'est censé être un rencard, pas un reportage. T'es une journaliste ?

— Moi ? rit-elle. Oh, non. Je suis plutôt réservée, alors j'ai tendance à respecter aussi l'intimité des autres.

— Du coup, pourquoi cette curiosité ?

— J'apprends simplement à te connaître, dit Ève en levant une épaule.

— Pourquoi ? Tu n'as qu'un rencard.

Il la regarda plus sévèrement, comme s'il essayait d'éplucher les couches pour atteindre la vérité.

— Après ce soir, on partira chacun de notre côté.

Elle ne lui répondit pas. Elle ne savait pas quoi dire ou ignorait même la façon de le dire.

— Écoute, je ne recherche rien sur le long terme. C'est généralement comme ça que je finis la chronique mondaine.

— Moi non plus. J'ai été mariée pendant dix ans.

— *Était*. Divorcée ?

Elle détourna le regard. Ce fut à son tour d'être fascinée par quelque chose d'invisible.

— Je ne veux pas en parler, répondit-elle d'un air absent.

— Compris.

Elle remarqua qu'il scruta sa main gauche. Elle ne cacha pas le fait qu'elle portait toujours son alliance en diamant. Toutefois, il ne posa pas de questions. Cela lui fit gagner des points. Elle aimait les gens qui respectaient l'intimité des autres, comme elle le faisait. Elle était certaine qu'il en avait marre d'être constamment sur la scène publique, sous la loupe. Surtout quand certaines des histoires communiquées étaient fausses. Ou exagérées.

Elle repéra Quinn qui se dirigeait vers la maison par les portes en verre coulissantes.

— Désolée. Est-ce que ça te dérange si je vais discuter quelques minutes avec Quinn ? J'ai des trucs professionnels à lui demander.

Il marqua une pause et elle ne voulait pas être malpolie. Mais elle était désireuse de parler à Quinn.

— Non, vas-y, dit-il finalement. Je suis là à tes frais.

Ève ne le connaissait pas assez bien pour savoir s'il était contrarié et jouait les connards ou s'il s'en fichait vraiment. Dans tous les cas, il avait raison. Elle avait payé.

— Je promets de ne pas être longue.

Alors qu'elle se retourna, il attrapa sa main et la leva à ses lèvres. Il baisa le dos de sa main gauche, juste au-dessus de son alliance, avant de la laisser partir.

— Je patienterai.

Elle ne se souvenait pas de quelqu'un ayant déjà

embrassé le dos de sa main. Elle ne s'était d'ailleurs pas attendue à tant de tendresse de la part d'un joueur de football. Elle se rappelait les athlètes au lycée et à l'université et pensait qu'ils avaient tous agi comme des crétins. C'était peut-être dû à leur âge. Dans tous les cas, elle trouva cela curieux. Elle secoua la tête et suivit Quinn dans la maison.

ALORS QUE REN l'observait s'éloigner, il ne put s'empêcher de regarder ces hanches bouger dans une robe qui épousait ses courbes savoureuses. Ses hanches étaient ce que sa grand-mère appelait des « faiseuses de bébés ». Elle n'était pas ce qu'elle qualifierait de mince, impossible avec toutes ces courbes. Ses hanches n'étaient pas larges, mais juste assez molles pour lui permettre de s'accrocher.

Il estima qu'elle avait quelques années de moins que lui, la trentaine environ. Elle semblait élégante, mais pas trop sophistiquée. Assurément pas coincée.

Elle faisait sûrement trente centimètres de moins que son mètre quatre-vingt-huit à lui. Mais ces courbes. Elles étaient parfaites pour sa taille. *Bon sang !*

Ses yeux, bordés d'épais cils, étaient dorés à un instant et verts celui d'après, encerclés de marron foncé. Ces yeux le gardaient en haleine. S'il n'était pas prudent, il pouvait s'y perdre.

Ses seins étaient ronds. Rien d'artificiel chez eux alors que son alléchant décolleté était révélé par la coupe en losange de sa robe. Alléchante. D'alléchantes hanches. Une alléchante poitrine. Le mot la décrivait parfaitement.

Il ne tolérait pas le faux chez une femme, que ce soit les ongles, les seins, le cul, les cils ou les cheveux. Il voulait une femme telle quelle. Ce que vous voyez, c'est ce que vous obtenez. Aucune surprise.

Ses cheveux étaient longs. Il avait remarqué la longueur pendant les enchères quand elle les avait détachés, ils lui arrivaient au milieu du dos. Ce soir, elle les avait relevés, avec quelques sensuelles mèches blond-roux tombant sur ses épaules.

Sa peau était d'ivoire, et avec cette couleur de cheveux, il pariait qu'elle avait des taches de rousseur sur le nez, sous son maquillage. Avec une queue-de-cheval et sans maquillage, elle ressemblerait à toutes les Américaines.

Il pouvait vivre avec.

Avec ses cheveux relevés comme ils l'étaient ce soir, elle n'aurait besoin que d'une paire de lunettes et d'un crayon glissé derrière son oreille pour ressembler à une bibliothécaire grivoise, respirant le sexe. Bien qu'aucune des bibliothécaires qu'il connaissait quand il était enfant ne se soit rapprochée de ça. Mais si elle en était une, il ferait du raffut dans sa bibliothèque silencieuse pour qu'elle soit forcée de le sermonner. Peut-être même lui infliger une punition bien méritée.

Sa bite tressaillit. Il avait la gaule à cause de ce petit délire. *Bon sang !*

Après lui avoir parlé la majorité de la soirée et l'avoir écouté discuter avec les autres invités, il en déduisit qu'elle était incroyablement intelligente. Elle pouvait se débrouiller dans n'importe quelle conversation qu'elle intégrait.

La beauté, le corps *et* un cerveau. Maintenant, tout ce qui lui restait, c'était d'être une petite tigresse au lit et elle serait parfaite.

Toutes les femmes qui avaient tenté de lui planter leurs griffes dans le passé avaient manqué d'au moins une de ses exigences. Cela le faisait peut-être passer pour un connard. On le lui avait dit plusieurs fois, et même bien pire. Mais une femme devait « l'avoir » pour être plus qu'une baise pour lui. Il devait souhaiter passer du temps avec la femme, être réellement capable d'avoir une conversation intéressante avec elle. Il ne voulait pas avoir simplement l'impression d'être un trophée ou un portefeuille pour elle, ni qu'elles soient seulement un bonbon pour les yeux. Ce type, il en trouvait à la pelle. Il désirait une femme avec de la substance.

Il était peut-être trop exigeant. C'était sûrement pour cela que ses relations ne duraient jamais.

Elles avaient des fragments de ce qu'il recherchait, mais jamais la totalité.

Et Ève présentait un joli ensemble.

La soirée n'était pas encore terminée, et étonnamment, il savait déjà qu'il devait la revoir. Même s'il avait bien précisé que ce ne serait qu'un seul rencard.

Mon erreur.

CE NE FUT PAS une surprise qu'Ève trouve Quinn au buffet.

— Tu m'as encore prise en train de grignoter, rigola Quinn. Je n'ai jamais cru pouvoir autant manger.

— Eh bien, tu manges *bien* pour une future star de la NFL, n'est-ce pas ?

— C'est ce que pense Ty, rit-elle une nouvelle fois. Et merci de ne pas me faire culpabiliser.

Elle se calma et regarda Ève avec des yeux sérieux.

— Tu désirais me parler ?

— Oui, si ça ne te dérange pas.

— D'après la façon dont tu me l'as demandé tout à l'heure, j'imagine que tu ne souhaites pas que Renny le sache ? Ça veut dire que ça devrait être en privé ?

— Oui. Encore une fois si ça ne t'embête pas.

— Est-ce que tu peux me masser les pieds pendant qu'on parle ?

Ève ouvrit la bouche, mais aucun son ne s'échappa.

Quinn se remit à rigoler et tapota Ève sur le bras.

— Ève, je plaisante. Mais sérieusement, je ne dirais pas non à une masseuse à plein temps. Si un de ces mecs devait porter cet enfant, il faut croire qu'on aurait au moins une masseuse dans le personnel.

Elle termina de remplir une petite assiette avec des légumes et des sauces.

— Suis-moi.

Ève le fit. Elles finirent par aller dans la chambre parentale et s'asseoir sur l'énorme lit.

— J'ignore de quel sujet tu veux me parler, alors vas-y, dit Quinn en posant l'assiette entre elles.

Ève ignorait par où commencer.

— Je…

Elle rougit, puis se maudit.

— Je suppose que ça n'a rien à voir avec l'association, autrement tu ne rougirais pas. Je ne te connais pas assez pour savoir ta vie personnelle, alors en quoi ça me concerne ?

— Comment ça marche pour toi ?

— Comment ça marche pour moi ? répéta Quinn en clignant des yeux.

Ève passa une main sur le lit sur lequel elles étaient assises.

— Tout ça. Toi. Les gars.

— Tu veux dire le sexe ?

Les joues d'Ève s'enflammèrent à nouveau.

— Non, désolée. Je parlais de la relation. Entre vous trois.

Quinn se figea, sa main se posant à mi-chemin vers sa bouche avec une petite carotte chargée de sauce.

— Je suis désolée si c'est une question trop personnelle pour toi, poursuivit rapidement Ève. Mais je suis envieuse de ce que tu as. Je crois que ça se passe bien pour vous trois. Je ne sais pas comment, mais ça a l'air de fonctionner.

Quinn reposa la carotte sur l'assiette et se décala pour regarder Ève en face. Ses yeux se plissèrent.

— Pourquoi t'es curieuse de savoir comment ça marche pour nous ?

— Je suis désolée si tu trouves ça étrange. Je n'essaie pas de fouiller dans vos vies intimes, ou même votre vie sexuelle. Souviens-toi. Quand je t'ai rencontrée à la...

— Oui, oui ! À la soirée Des Maisons pour les réfugiés à Monte Carlo que ma mère organisait au country club. J'avais presque oublié que c'est là que je t'ai croisée la première fois !

— Oui. T'as vraiment capté mon attention ce soir-là. Vous tous.

Quinn gloussa et mit une main sur son ventre.

— Ouais. On a attiré l'attention de beaucoup de personnes. Ce n'était pas comme si l'on avait été discrets.

— C'était difficile de le rater, même si vous n'avez pas été les seules personnes que j'ai remarquées, répondit Ève en souriant.

Quinn fit un O avec ses lèvres.

— Renny ?

— Oui.

— Il n'est pas très réservé non plus. Il attire assurément le regard des femmes.

— Oui, il est très beau.

— Mais il n'a pas une bonne réputation avec les femmes.

— Je sais.

Elle hésita, mais se dit que c'était maintenant ou jamais.

— Est-ce que tu connais bien Cole ?

— Pas aussi bien que Renny, mais... Attends !

Les sourcils de Quinn se froncèrent.

— Tu ne veux pas me poser de questions sur Renny ?

Ève baissa les yeux vers ses mains. Elle les tordait. Enfin, elle les sépara et tenta de les poser calmement sur ses cuisses.

— En fait, je souhaite te poser des questions sur les deux... lâcha-t-elle sans pouvoir regarder Quinn. En quelque sorte.

Quinn hésita, et du coin de l'œil, Ève put voir Quinn pencher la tête pour l'observer.

— Les deux, répéta-t-elle finalement.

Ce n'était pas une question.

— Je crois commencer à comprendre où tu veux en venir.

Bien. Parce que je ne suis pas sûre de le savoir. Elle savait ce qu'elle désirait, mais elle n'était pas certaine de comment s'y prendre. Si discuter avec Quinn pouvait susciter une idée...

— Est-ce que tu... Tu penses...

Quinn secoua la tête et continua.

— Est-ce que t'essaies de faire un plan à trois avec Cole et Renny ?

— Eh bien, je ne parle pas seulement de sexe. C'est généralement la partie la plus facile. Je parlais d'une relation avec les deux. Même si d'après ce que je sais sur Renny, le sexe ne sera pas forcément la partie aisée. Du moins, avec un autre homme impliqué. Même *si* c'est Cole.

Quinn parut choquée.

— Seigneur ! Meuf, t'as des *cojones*. Mais je ne t'en veux pas.

Elle secoua la tête et sa surprise se transforma vite en approbation.

— Non, je ne peux certainement pas t'en vouloir. Attends. Est-ce qu'ils le savent ?

— Non. C'est pour ça que je souhaitais te parler et te demander comment ça a marché entre Ty, Logan et toi.

Proposition osée

— Ça se passe très bien. *Maintenant.* En revanche, il y avait un peu de jalousie au début. Pas de ma part, par contre.

— Qui ?

— Ty. Tu dois comprendre que j'ai commencé comme la cinquième roue du carrosse. Logan et Ty étaient déjà amants et vivaient ensemble. Et ce n'était pas une nouvelle relation. Ils étaient déjà soudés. Et puis une nuit, Logan m'a ramenée à la maison. C'est une longue histoire...

Elle caressa son ventre gonflé d'un air absent.

— Mais, quoi qu'il en soit, jamais dans mes rêves les plus fous je n'aurais pensé m'engager avec deux hommes en même temps. Bon sang ! Même de tomber enceinte ! Je les aime tant tous les deux.

Elle fourra finalement la petite carotte dans sa bouche et mâcha songeusement.

— Oh, Seigneur... J'ignore si ce que tu désires fonctionnera. Aucun de vous n'est actuellement dans une relation. Tout sera nouveau et sûrement pas mal compliqué. Bon sang ! Vous serez probablement blessés. C'est même possible que ce soit un échec total. Ce serait dommage qu'un truc pareil détruise l'amitié entre Cole et Renny.

Quinn continua de regarder dans le vide tout en réfléchissant.

Ève put voir les engrenages tourner dans la tête de celle-ci et ne voulut pas l'interrompre.

— Cole devrait être facile. C'est quelqu'un de très porté sur la sexualité, d'après ce que je connais de lui. Il adore le corps humain et le sexe. Si c'est quelqu'un qui « le fait » pour lui, il se fiche que ce soit un homme ou une femme. Du moins, de ce que j'ai vu ou entendu. Il pourrait être plus ouvert à essayer ce que tu demandes.

Elle s'arrêta et réfléchit à nouveau un instant.

— Renny... De l'autre côté, Renny...

Elle souffla.

— Renny, je n'en suis pas sûre. Il adore les femmes. Et malheureusement, les femmes l'adorent, et généralement, les mauvaises. J'ignore s'il a déjà été dans une relation fructueuse ou qui a duré un certain temps. Il est juste... Je ne le connais pas très bien. D'après le peu que je sais, je suppose que tu serais bien pour lui. T'as l'air d'avoir la tête sur les épaules. Même si je pense que tu dois être un peu folle pour tenter ça.

Ève ne fit que hocher la tête, toujours réticente à interrompre Quinn. Qu'importe la sagesse qu'avait l'autre femme, elle voulait l'obtenir.

— Laisse-moi te dire ceci. La polygamie n'est pas pour tout le monde. Ça demande du boulot. Énormément. Et tu pars de rien. La seule chose qui existe entre les deux, c'est de l'amitié fraternelle. Si tu peux l'utiliser pour t'appuyer dessus, tant mieux pour toi. Les dynamiques pourraient être différentes des nôtres. Je suis presque certaine que Renny est très hétérosexuel.

Quinn s'arrêta immédiatement de parler quand Logan entra dans la pièce.

— De quoi vous discutez si sérieusement toutes les deux ? C'est censé être une fête. Est-ce que je peux te la reprendre ?

— Bien sûr.

Ève fut déçue que la réflexion à voix haute de Quinn eût été interrompue, mais Logan avait raison. C'était une soirée pour célébrer leur relation. Elle ne voulait pas être égoïste ou impolie.

— Désolée, s'excusa Quinn. On peut toujours en parler plus tard.

Logan aida Quinn à se lever du lit. Une main caressa son ventre, l'autre la tint par son épaule pour la soutenir.

Ty fit soudain son apparition. Son bras passa autour de sa

taille élargie, assistant Quinn pour traverser la pièce en se dandinant. Ève ne rata pas les sourires que les trois s'échangèrent. Une idée secrète partagée.

Dur à croire que deux hommes et une femme puissent atteindre un tel bonheur. Trop de couples peinaient dans leurs relations. Si le taux de l'échec des mariages était si haut, pourquoi pensait-elle qu'un trouple pouvait réussir ?

Elle s'emballait. Elle connaissait à peine les deux hommes. Elle ne savait que *certaines* informations sur eux, elle ne les *connaissait* pas.

Elle avait beaucoup à découvrir. Et vite.

Eh bien... La soirée ne faisait que commencer, n'est-ce pas ?

Chapitre Quatre

La soirée prit fin juste après minuit, quand Quinn ne parvint plus à retenir ses bâillements. Elle avait enlevé ses chaussures des heures avant, ses pieds gonflés incapables d'être contenus plus longtemps. Au bout du compte, après sa disparition, tout le monde commença à dire au revoir et se disperser vers ses véhicules.

Ren décida qu'au lieu de partir dans des voitures séparées, il utiliserait sa limousine de location pour déposer Cole et Ève. Dans cet ordre aussi puisque Cole était le plus proche. Ce n'était pas une limousine classique qu'Ève avait en tête. C'était une longue Cadillac Escalade.

Le chauffeur leur ouvrit les portes, mais ce fut Ren qui l'aida à monter dans le véhicule surélevé. Elle le fit avec autant de grâce que lorsqu'elle était sortie de la berline en début de soirée.

Ève sentit sa robe remonter sur ses cuisses alors qu'elle grimpait dans le véhicule et glissait sur l'un des sièges rembourrés en cuir. Ren la suivit et s'assit en face d'elle, alors que Cole entra de l'autre côté et se laissa tomber à côté d'elle, une console centrale les séparant.

Elle gigota pour mieux s'installer dans son siège avec un soupir. Quand elle fut calée, elle réalisa que les yeux de Ren avaient plongé sous l'ourlet de sa robe. Elle suivit son regard et remarqua que la dentelle du sommet de ses bas dépassait. Non, elle ne dépassait pas, sa robe était relevée bien trop haut. Les bas étaient nettement visibles. Ren les fixa une seconde, puis remonta lentement les yeux pour croiser les siens. Un sourire malicieux traversa son visage, enflammant les joues d'Ève.

Son premier instinct fut de baisser sa robe, comme le ferait toute dame respectable. Mais elle lutta contre cette envie. Elle en avait marre d'être une dame, sans oublier d'être respectable. Elle avait porté cette robe précise et ses bas parce qu'ils lui donnaient l'impression d'être séduisante. Et bon sang ! Elle allait savourer la réaction qu'elle obtenait.

Les yeux de Cole furent attirés à l'endroit que Ren fixait, et il lâcha un long sifflement.

— Oh putain !

L'ignorant, elle passa la main sur le cuir lisse du siège.

— Sympa.

— Je suis d'accord, répondit Cole.

Mais elle se doutait qu'il ne parlait pas du SUV.

— Un peu tape-à-l'œil à mon goût, murmura Ren. Mais j'ai pris ce qui était disponible.

De grands mots pour un joueur de football. Mais en vérité, ça ne la surprenait pas. Au fil de la soirée, Ève avait été impressionnée par l'intelligence de Ren. Peu importe le sujet ou la personne à laquelle il s'adressait, il participait toujours à la conversation. En fait, ce n'était jamais lui qui avait abordé le sujet du sport, mais les autres. Elle était contente qu'il ne fût pas uniquement beau, mais aussi extrêmement intelligent et polyvalent.

— Ouais, comme si ton Escalade n'était pas *tape-à-l'œil*, rit Cole. Avec ses grosses jantes et...

— Ne parlons pas de voitures, Dix. T'as aussi une sacrée collection.

— Je n'y peux rien si j'ai très bon goût !

Ils continuèrent de se taquiner gentiment jusqu'à ce qu'ils déposent Cole à ce qui sembla être une résidence de haut standing. Mais Ève supposait que c'était plutôt un immeuble puisqu'un gardien se tenait devant.

Cole l'embrassa sur la joue avant de s'extirper du véhicule.

— Je t'appellerai pour notre rencard. Laisse-moi te donner mon numéro pour que je te contacte directement et que tu saches qui c'est.

Ève entra le numéro de Cole dans son portable pendant qu'il attendait en dehors de la limousine, se penchant par la porte ouverte. Il lui fit un clin d'œil.

— Salut.

— Salut, répondit Ève en lui souriant.

Il claqua la portière. Elle observa l'oscillation de ses hanches alors que le portier ouvrait la double porte vitrée pour le faire entrer dans le bâtiment. Avant qu'elle puisse lâcher un soupir, le chauffeur de l'Escalade démarra, rompant ses pensées. Ou plutôt ses idées lubriques.

— Les trajets sur les banquettes me manquent. On pouvait se glisser à côté de son rencard et la tenir près de nous.

Ève doutait qu'il fût assez vieux pour se souvenir des banquettes dans les véhicules, non pas que ce soit important.

— J'adorerais que tu viennes t'asseoir sur mes genoux pour le reste du voyage.

Les sourcils d'Ève se levèrent et elle inclina la tête pour le regarder. Son visage était impassible, alors elle ne fut pas certaine qu'il plaisantait ou était sérieux.

— Vraiment ?

Il hocha un peu la tête.

— Vraiment, assura-t-il en se penchant pour attraper sa main et la tirer légèrement. Tu peux dire non.

Elle baissa les yeux vers leurs mains entrelacées, la sienne foncée à côté de sa peau pâle. Les doigts de Ren étaient longs, délicats et bien définis, ses ongles courts et propres. Il ne portait aucun bijou à ses poignets ou ses doigts. Elle agrippa sa main un peu plus fort. C'était sa chance de prendre la température avec lui. Elle souhaitait mieux le connaître, sans qu'il pense qu'elle était une groupie tarée qui cherchait à avoir une conquête de plus.

— Je ne veux peut-être pas dire non.

Elle se décala sur lui et s'inclina sur ses genoux. Il plaça ses bras autour d'elle, une main sur sa hanche gauche, l'autre sur sa cuisse droite. L'excitation s'accumula entre ses jambes et des papillons s'envolèrent dans son ventre. Les cuisses de Ren étaient plus larges qu'un homme ordinaire, elles étaient épaisses et musclées. En fait, il faudrait les deux cuisses d'Ève pour égaler l'une des siennes.

— Tu rentres parfaitement.

Son souffle chatouilla sa joue, sa voix grave et proche de son oreille.

Elle frémit au timbre grave.

— T'as peur ?

Elle secoua la tête, mais ne parvint à former aucun mot.

L'index de sa main droite remonta l'ourlet de sa robe, suffisamment pour qu'il puisse tracer la dentelle de son bas.

— C'est vachement sexy.

Elle posa sa tête en arrière contre son épaule et la tourna

un peu pour lui sourire. Mais elle était trop près de la mâchoire de Ren pour qu'il le voie. Le pouce de sa main gauche frottait sa hanche alors qu'il continuait de parcourir le sommet de ses bas avec sa main droite.

— Est-ce que tu peux me sentir ?

Elle relâcha lentement un souffle tremblant alors que l'excitation et la rigidité de Ren se pressaient indéniablement contre son cul.

L'index de Ren fut remplacé par sa main entière alors qu'il commençait à caresser sa cuisse droite sous l'ourlet, presque jusqu'à son genou.

— Est-ce que t'as déjà été avec un frère auparavant ?

La question inattendue la prit au dépourvu.

— Non. Mais est-ce que c'est important ?

— Pas pour moi. Mais ça pourrait l'être pour certaines personnes.

— Je ne suis pas n'importe qui.

Un sourire se répandit doucement sur le visage de Ren.

— Non, c'est certain.

Sa main droite remonta plus haut, jusqu'à ce que ses phalanges effleurent sa culotte. Elle était humide et excitée, l'invitant à devenir plus entreprenant. Sa main écarta ses cuisses, lui donnant l'espace pour parcourir ses lèvres au travers du tissu soyeux.

Elle enfouit son visage dans le cou de Ren et soupira. Elle décala ses hanches pour sentir sa longue queue dure alors qu'il passait un doigt sous la ceinture de sa culotte.

— Est-ce que je peux la retirer ?

Elle voulut crier « OUI ! », mais le chuchota plutôt dans son cou d'un souffle tremblotant. Elle planta sa bouche contre sa peau et le lécha une seconde avant d'y plonger doucement ses dents.

Il fit un bruit qui ressembla à un grognement, une vibration secouant son torse contre elle.

Ren agrafa un doigt sur le rebord de sa culotte et la glissa lentement vers le bas de ses cuisses, puis sur ses genoux jusqu'à ce qu'elle tombe au niveau de ses chevilles. Il ouvrit davantage ses cuisses et repoussa sa robe jusqu'au-dessus de ses hanches, lui donnant l'accès qu'il recherchait et qu'elle désirait. Ses doigts jouèrent le long de ses sillons et ses plis, trempant entre pour caresser son clitoris. Elle s'exclama et ses hanches bondirent contre sa main. Il sépara ses plis et enfonça un doigt dans sa chatte étroite. Cela faisait un moment pour elle, alors même si elle était mouillée, elle était tout de même serrée.

Il ajouta un deuxième doigt en elle. Il les avança bien au fond avant de se figer. Les muscles d'Ève se contractèrent autour de lui, sa respiration pesante. Il passa un bras sur ses épaules pour la maintenir immobile contre son buste. Elle souhaitait cruellement qu'il caresse ses tétons qui faisaient pression contre sa robe. Elle avait besoin de ses mains, sa bouche sur elle. Mais dès qu'il bougea ses longs doigts en elle, elle oublia tout. Elle se concentra sur le rythme qu'il créa au fond d'elle. Des sons s'échappèrent de sa bouche alors qu'elle plaquait son visage contre le cou de Ren, ses paupières se fermant d'un battement de cils.

L'autre main de Ren attrapa son menton et il l'embrassa. La bouche d'Ève était ouverte, haletant pour reprendre son souffle, mais il la posséda malgré tout. Elle miaula dans sa bouche, la langue de Ren s'enchevêtrant à la sienne. L'excitation augmenta au fond d'elle et elle commença à se frotter contre ses doigts. Le pouce de Ren décrivit des cercles autour de son clitoris, le pressant, l'effleurant.

Les deux doigts en elle se recourbèrent, repérant son point. Celui qui l'avait toujours fait passer par-dessus bord.

Proposition osée

En quelques secondes, il réussit. Elle se recula de sa bouche et relâcha un gémissement étonnant. Les orteils se retroussant dans ses talons, elle se contracta autour de ses doigts alors que des vagues d'orgasme l'agitèrent. Il resserra son bras autour de ses épaules, essayant de la maintenir pour retirer ses doigts. Elle broya automatiquement sa bite rigide.

Il siffla et la tint plus fermement.

— Ne fais pas ça.

Les yeux d'Ève s'ouvrirent et elle vit qu'il avait son visage détourné, les yeux fermés et les sourcils froncés. Il se retenait. Elle bougea à nouveau ses hanches, désirant l'avoir en entier en elle.

— Ne fais pas ça, répéta-t-il, sa voix basse et grave, presque comme un grondement. Je ne veux pas me ridiculiser devant toi.

La respiration d'Ève ralentit et elle se blottit davantage contre lui. Il souffla et la scruta.

— Bon sang. Je pourrais te prendre juste là.

Sous la faible lumière de l'intérieur du véhicule, elle fut incapable d'interpréter son regard. Mais son expression était assurément crispée.

Elle tendit la main pour le toucher. En un éclair, il lui captura le poignet, épinglant sa main contre son buste.

— T'essaies de jouer avec le feu. Et je ne suis pas préparé.

La dureté de sa bite prouvait qu'il était prêt. Mais ce n'était pas de ça qu'il parlait. Elle réalisa ce qu'il sous-entendait. Pas de protection. Elle fit un rapide inventaire de sa pochette. Elle n'avait rien sur elle non plus. *Merde.*

Elle regarda les environs par la fenêtre obscurcie. Elle reconnut certains des noms de rue sous les réverbères. De toute façon, ils approchaient de chez elle. *Double merde.*

Elle prit sa culotte qui se trouvait autour de ses chevilles et se déhancha pour l'enfiler alors qu'elle se remettait dans son siège.

Il ne pouvait pas enlever les yeux d'elle. Mais c'était mutuel.

— Merci.

— Avec plaisir, répondit-il en souriant.

Elle lui rendit son sourire.

— Non, c'était *mon* plaisir.

— J'adorerais le refaire un jour.

— Moi aussi.

Le SUV s'arrêta brusquement. Elle regarda l'obscurité extérieure. Elle était chez elle.

— T'es très réactive. J'aime ça chez une femme.

— Tu n'es pas égoïste quand il s'agit de sexe. J'aime ça chez un homme.

Il gloussa, le son grave.

Le chauffeur ouvrit la portière, et la lumière intérieure fut subitement aveuglante. Elle cligna des yeux, tentant de clarifier sa vision.

Ren sortit en premier et offrit sa main pour l'aider à s'extirper du véhicule.

Il l'accompagna jusqu'à sa porte, ce qui la ravit. Il était très galant.

— T'es toujours gentleman ?

Il baissa les yeux vers son visage. Le sourire avait disparu.

— Non, répondit-il avec une expression sérieuse.

— Bien, rétorqua-t-elle en le regardant droit dans les yeux.

Il se pencha pour lui donner un petit baiser avant de se reculer lentement.

— Merci d'avoir été mon rencard ce soir.

Elle tendit instinctivement la main pour arranger le col de sa chemise. Une vieille habitude qui refaisait surface.

— C'est moi qui devrais te remercier.

— Je t'appellerai.

— Tu n'as pas à le faire. Tu étais engagé seulement pour un rencard, lui rappela-t-elle.

— Je veux le faire.

Elle sourit en sortant de sa pochette les clés de sa maison.

— OK. J'ai hâte.

Elle réalisa qu'il ne partirait pas avant qu'elle soit en sécurité chez elle. Elle déverrouilla la porte et avança sur le seuil.

— Moi aussi.

Sa séduisante voix grave la fit se retourner pour l'observer s'éloigner à grands pas. Elle ferma la porte et s'appuya dessus. Alors qu'elle laissait tomber sa pochette sur le sol, la robuste porte dans son dos la maintint debout. Son cœur battait la chamade.

Cette soirée s'était bien mieux déroulée qu'elle s'y était attendue.

Son instinct avait eu raison pour Ren Landis. Elle avait fait le bon choix.

Elle balança ses chaussures et pénétra dans la maison en se dandinant.

Chapitre Cinq

Elle aurait cru avoir des nouvelles de Ren avant Cole, mais elle s'était trompée. Cole l'appela le lendemain et demanda si ça l'ennuyait de l'accompagner dans un petit club ce même soir. Pas vraiment le rencard privé auquel avait fait allusion Cole la veille.

Au début, elle pensait qu'ils avaient eu de la chance d'avoir une table devant la scène. Mais il s'avéra que la raison pour laquelle Cole souhaitait aller écouter ce groupe, c'était parce qu'il avait joué au football à l'université avec le batteur. Il ne l'avait pas vu depuis des années, alors il ne voulait pas rater cette occasion de soutenir la musique de son ancien camarade/coéquipier.

Cole ne lui avait pas donné beaucoup de détails en avance, mais il était passé la chercher et ils avaient bavardé sur le trajet jusqu'au club. Thorazine, le groupe basé à Philadelphie, se révéla jouer de la musique punk rétro des années 90. Pas le genre de sons qu'elle écoutait habituellement. En revanche, c'était rythmé et la foule était enjouée et dynamique. Leur table se trouvait sur le côté des spectateurs qui s'entassaient sur la piste devant la scène. Les fans y sautaient, et se percutaient parfois les uns contre les autres... délibérément.

La musique était forte, tout comme la foule. Au final, le son fut tellement assourdissant qu'ils ne purent pas beaucoup parler. Entre deux chansons, Cole lui promit qu'ils pourraient discuter plus tard.

Cole la garda hydratée avec des dirty martinis bien chargés pendant qu'il sirotait un Long Island glacé. Il ne semblait pas boire beaucoup et cela lui convenait plus que bien. Elle appréciait un cocktail bien préparé, mais n'était pas non plus une grosse buveuse. Elle n'avait pas eu autant de martinis depuis longtemps. Elle s'assura de les déguster lentement, car Cole en commandait un autre dès que son verre était presque vide.

Une chose qu'elle remarqua pendant la soirée fut l'attention que suscitait Cole. Pas uniquement du fait de sa réputation au football, mais aussi parce qu'il était *vachement* beau. Des femmes de tous âges lui jetaient des coups d'œil, faisaient le tour de leur table. Certaines d'entre elles étaient assez audacieuses pour lui glisser leur numéro ou même le toucher en passant à côté de lui.

Au début, Ève dissimula son sourire derrière son martini quand elle releva leurs actions, mais alors que la soirée passait, elle ne cacha plus son sourire en recevant des regards mauvais. Quelle chance avait-elle d'être avec un homme si stupéfiant ? Eh bien, elle supposait qu'elle avait une aubaine pesant cinq mille kilos. Normalement, il ne lui aurait peut-être même pas donné l'heure si elle n'avait pas remporté un rencard avec lui aux enchères.

Mais qu'importe. Elle pouvait passer cette soirée avec lui, au contraire des autres tigresses. Et elle allait profiter de chaque minute de cette soirée. Elle pouvait se perdre rapidement dans ses incroyables yeux verts et son doux sourire.

Mais Ève était contente qu'il ne soit pas qu'apparence. Il avait aussi de la discussion. Elle l'avait remarqué à la cérémonie de fiançailles, les rares fois où Ren l'avait laissée l'approcher. Et elle en avait plus appris sur lui par la discussion qu'ils avaient eu sur le trajet jusqu'au bar.

Pendant une pause entre deux séries de chansons, Dallas Cantland, son ancien camarade, descendit de la scène pour les rejoindre. Cole se leva, lui tapa dans les mains et lui cogna l'épaule pour le saluer. Dallas avait une serviette autour de son cou et essuyait la sueur de sa tête chauve. Puis, Cole le lui présenta.

— T'es un super batteur ! lança Ève en lui serrant la main.

Même si elle n'aimait pas ce genre de sons, elle reconnaissait le talent des musiciens.

Dallas retourna une des chaises vides de leur table pour se poser à l'envers dessus, s'appuyant sur le dos du siège.

Ève put le sentir la regarder, ou du moins lorgner sur ce qu'il arrivait à voir puisqu'elle était assise... Ce fut suffisant pour sentir le poids de ses yeux remonter de son décolleté au sommet de sa tête.

— Waouh, intelligente *et* magnifique, dit-il en lui faisant un grand sourire et se tournant vers Cole pour lui donner un coup de coude. Où est-ce que tu l'as trouvée ?

Ève tenta de ne pas rougir. Elle n'aimait pas les menteurs, mais espérait que Cole déformerait un peu la vérité. Il n'en fit rien.

— Elle m'a remporté aux enchères, répondit Cole en faisant un sourire à Dallas.

— Quoi ? Quoi ? Quoi ? s'exclama Dallas en levant les sourcils. Non, ce n'est pas vrai. Tu te fous de ma gueule.

— Non, je ne l'ai pas *acheté*, assura Ève en plaçant une main sur son visage en feu. J'ai enchéri pour avoir un rencard avec lui aux profits d'une association.

— Même chose, dirent les deux hommes en même temps.

Ils se regardèrent avec surprise et rirent.

— Bon sang ! Ça fait des années, se reprit Dallas à l'attention de Cole.

— Je sais. Une fois qu'on a fini l'université, t'as été occupé par ta musique et moi par le football.

— Dallas, tu ne voulais pas continuer le football ? lui demanda Ève.

— J'étais assez bon au football pour aller à la fac, mais pas assez pour être sélectionné, expliqua-t-il en secouant la tête. Ça me convenait. Être batteur, c'est de la bombe ! Et je pars en tournée dans tout le pays et au Canada. On ne peut pas faire mieux.

Ève pensa que Cole pouvait débattre de ce point. La star de football avait une bague du Super Bowl et sûrement un bon gros compte en banque, supposait-elle. Mais il n'en fit rien, et pour ceci, il remonta d'un cran dans son estime.

— Est-ce que t'aimes la musique ? lui demanda Dallas en se tournant vers elle.

— C'est très sympa, répondit-elle en souriant et choisissant ses mots avec soin. J'ai particulièrement aimé la dernière chanson avant la pause.

Dallas gloussa sans bruit, comme s'il savait que ce n'était pas son genre de musique et qu'elle restait polie.

— Un jour tu sauras et tu verras/accepteras ta place, ta vie, tes faiblesses/regarde en toi et fais-le toi-même...

— Quoi ? s'étonna Ève en le fixant.

— Ce sont les paroles. Le titre de la chanson est *La Fin*.

— Dallas, est-ce que tu veux un truc à boire ? proposa-t-elle en secouant la tête et se levant, repoussant sa chaise.

— J'ai tout ce qu'il faut sur scène, mais merci, répondit-il en faisant non de la tête.

— Je m'excuse, je vais aux toilettes, précisa-t-elle en regardant Cole. Ça vous donnera un peu de temps pour discuter.

Elle lissa la jupe qu'elle portait pour cette soirée et se retourna pour s'éloigner.

— Quel oignon ! s'exclama Dallas dont les paroles la stoppèrent dans son élan.

— Pardon ? lâcha Ève en pivotant vers lui et fronçant les sourcils.

Il pensait peut-être qu'elle avait été désagréable en s'excusant pour partir aux toilettes.

— Un oignon, répéta Dallas, comme si elle aurait dû savoir ce que ça signifiait.

Cole lui jeta un coup d'œil et haussa les épaules.

— Ce cul. C'est comme un oignon parce qu'il va me faire pleurer.

Cole rit et Ève relâcha enfin sa respiration. Elle fit un grand sourire à Dallas et pivota pour se diriger vers le petit coin. Elle secoua la tête en rigolant et s'assura de se déhancher plus que d'habitude. Elle put sentir leurs regards l'observer s'éloigner. Elle fut ravie de leur réaction puisqu'elle voulait que Cole morde à l'hameçon...

Quand elle revint à la table, ils terminaient leur conversation et Dallas était debout. Les hommes frappèrent leurs poings et Dallas lui tira sa chaise pour qu'elle s'installe.

Elle pensa qu'il était très gentleman.

— Tape-toi ce cul comme une porte grillagée pendant un ouragan, chuchota-t-il ensuite en se penchant vers Cole.

Seulement, ce ne fut pas un murmure. Ce fut un « chuchotement » assez fort pour que la foule et les coulisses l'entendent. Pas vraiment subtil... Mais le visage d'Ève s'enflamma.

Puis, il se pencha et embrassa sa joue. Alors qu'elle bougeait pour s'asseoir sur sa chaise, il la claqua sur le cul. Elle tomba d'un bruit sourd sur son siège, surprise, et regarda Dallas rejoindre la scène, son grand rire le suivant.

Cole se tourna vers elle et attrapa la main qu'elle avait posée sur la table.

— Je suis désolé, dit-il en effleurant ses phalanges de ses lèvres.

— Pour quoi ?

— Que Dallas soit un tel vicelard, répondit-il en retournant sa main et passant son pouce sur sa paume.

Elle lui fit un sourire chaleureux et enveloppa ses doigts autour des siens.

— Ce n'était pas le cas. Je parie que ce devait être marrant de traîner avec lui.

— On s'éclatait à la fac.

Elle n'en avait aucun doute, vu le phénomène qu'était Dallas.

— Quelle était ta matière principale ?

— Est-ce que c'est important ? Ce n'était qu'une formalité. J'étais sur la bonne voie pour passer pro.

— Je suis juste curieuse, dit-elle en haussant légèrement les épaules.

— Je suis aussi curieux de toi.

— T'essaies de changer de sujet.

Il pencha la tête et Ève en eut le souffle coupé. Ses yeux verts étaient époustouflants. Sa peau était fortement hâlée, comme s'il passait énormément de temps dehors. Elle se demanda si c'était vraiment du bronzage ou une couleur de peau plus foncée. Sa carrière aurait tout aussi bien pu être dans le mannequinat plutôt que le sport. En fait, elle avait vu plusieurs pubs avec lui. Il était doué. Il avait de magnifiques traits, mais restait bien viril.

Proposition osée

Ève réalisa qu'elle l'avait toujours trouvé joli, ce qui n'était assurément pas la description normale pour un homme. Mais il l'était et l'assumait.

— Communication.

— Pardon ?

— C'était ma matière principale. Je pensais pouvoir être journaliste sportif si ma carrière se terminait prématurément.

— Pas de mal à ça. C'est quelque chose que tu peux encore faire maintenant que t'es à la retraite avec tes vieux trente-quatre ans.

Il reprit son sérieux un instant.

— J'ai pris ma retraite à trente-quatre ans. J'ai presque trente-six ans maintenant.

— Waouh ! Prépare-toi pour la maison de retraite, le taquina-t-elle.

— Parfois, mon corps me donne cette impression.

— Vraiment ?

— Vraiment, lui répondit-il d'un ton grave.

Ève souhaitait approfondir le sujet, mais tout le groupe était revenu sur scène, et la musique les empêcha de finir la conversation.

— Tu veux t'en aller ? hurla Cole dans son oreille en se penchant au-dessus de la table.

Ève fut soulagée. Elle lui articula un *Oui*, et il lui offrit sa main pour l'aider à se lever de la chaise.

Les doigts de Cole étaient longs et chauds alors qu'ils s'enveloppèrent fermement autour des siens.

— Partons de là, cria-t-il, mais elle put à peine comprendre ce qu'il disait.

Ils ne lâchèrent pas un mot jusqu'à ce que les deux portes de sa vieille grosse cylindrée soient fermées après que le voiturier l'eut amenée. Le silence dans le véhicule fut assourdissant.

— La soirée ne fait que commencer, dit Cole en rompant enfin le silence.

— Oui.

La soirée *débutait* à peine et avait tant de possibilités.

— Où on va maintenant ? lui demanda-t-il en plaçant une main sur la sienne qui était posée sur sa cuisse.

— Un endroit tranquille ?

— T'as déjà conduit une boîte manuelle ? demanda-t-il en fléchissant ses doigts sur les siens.

Elle secoua la tête.

Il imbriqua ses doigts entre les siens et mit leurs mains jointes sur le levier de vitesse.

— Tu ne sais pas ce que tu rates. Toute cette puissance sous tes doigts.

Avec sa main guidant la sienne, il enclencha la première vitesse de l'ancienne Camaro retapée. Il remonta l'embrayage et le gros moteur rugit alors qu'il s'éloignait du club, les pneus crissant un peu. Il continua à rouler dans la ville, la main d'Ève sous la sienne et sur le pommeau de vitesse. Ève trouva que sa main paraissait minuscule sous la grande paume de Cole et ses longs doigts.

Elle ne prit pas la peine de lui demander où il se rendait. Elle s'en fichait. Les longs doigts chauds entremêlés aux siens étaient prometteurs. Elle espérait simplement qu'il était aussi doué en les utilisant que Ren la veille.

Cette pensée la fit se détendre sur le siège-baquet. C'était ce qu'elle désirait. Ce qu'elle espérait. Mais pourrait-elle assumer d'être si ouverte au sexe lors du premier rencard avec deux hommes différents ? Deux hommes qu'elle connaissait uniquement parce qu'ils étaient sur la scène publique ?

Elle les avait choisis pour une raison. Ils avaient tous les deux joué sur le terrain. Et elle ne pensait pas au football. Les deux avaient été sexuellement actifs avec les femmes, et dans le cas de Cole, aussi avec les hommes. Toutefois, ils ne prenaient pas au sérieux leurs relations. Elle s'était donc dit qu'ils seraient plus ouverts à ce qu'elle souhaitait proposer. S'ils acceptaient, elle espérait que ça pourrait fonctionner à long terme, mais se rappelait ne pas être déçue si ça échouait. Dans tous les cas, elle voulait explorer sa sexualité, voulait expérimenter quelque chose de nouveau. Les deux hommes semblaient assez sûrs de la leur, d'après ce qu'elle pouvait voir.

Cole progressa dans la ville avec habileté. Il était évident qu'il la connaissait bien. Cela ne prit pas longtemps avant qu'il entre dans un garage sous ce qui parut être le même bâtiment devant lequel ils l'avaient déposé la veille.

Il l'avait ramenée chez lui. Son pouls bondit en prenant soudain conscience de ce qu'il prévoyait et à la perspective de ce qui allait arriver.

Après s'être garé, il lui ouvrit la porte et l'aida à s'extirper de la voiture. Sa place de parking était à quelques pas de l'ascenseur. Elle pensa qu'il avait dû jouer de ses relations pour obtenir cette place convoitée.

— J'aurais dû te demander... Est-ce que tu es d'accord pour monter chez moi et trouver la tranquillité qu'on recherchait ?

Il ne fit pas des guillemets avec ses doigts pour souligner « tranquillité », mais le sous-entendu teintait sa voix.

Avant qu'elle puisse répondre, les portes de l'ascenseur s'ouvrirent et il la guida à l'intérieur.

Il appuya sur l'unique bouton n'indiquant aucun étage. Il n'y avait qu'un P marqué dessus. Il dut glisser sa carte d'identité pour activer l'ascenseur. Elle supposa alors qu'il vivait dans le penthouse. Mais en réalité, elle ne pouvait pas l'imaginer autre part.

Il maintint sa main alors que l'ascenseur s'élevait. Il ne la rapprocha pas de lui, mais pour une certaine raison, elle eut l'impression d'être la proie d'un lion qui la traînait dans son repaire. Son cœur tambourina dans sa poitrine. Comment pouvait-ce être autrement ? Elle ne le connaissait pas vraiment... Elle prenait un risque en montant seule chez lui. Personne ne saurait qu'elle était là.

Les portes s'ouvrirent en sifflant, et étonnamment, il n'y eut aucun couloir. L'ascenseur donnait directement sur un grand espace de vie ouvert. Pas étonnant qu'il ait dû utiliser une carte d'identité. Il ne voulait pas que n'importe qui pénètre dans son espace personnel.

Elle regarda autour d'elle et eut le souffle coupé. Il avait la moitié du dernier étage pour lui. L'espace ouvert était chargé de fenêtres. Avec l'obscurité extérieure, les lumières de la ville étaient envoûtantes.

Il relâcha sa main et elle flâna vers une énorme fenêtre.

— Waouh.

— Ouais, la vue était un point fort pour la vente.

— Est-ce que tu peux apercevoir la rivière d'ici ?

— Oui.

Elle se tourna vers lui, mais il avait disparu. Elle observa les meubles et le décor. C'était simple, mais moderne et élégant. Rien de pédant. Un style épuré et soigné. Ravissant, tout comme lui.

Ça lui plaisait.

Elle déambula jusqu'à tourner un coin et le trouva dans une grande cuisine ouverte. Elle passa ses doigts sur le comptoir en granite. Les électroménagers en acier inoxydable étaient haut de gamme. Elle adorait cuisiner et elle pourrait tuer pour avoir une cuisine pareille.

— C'est la cuisine rêvée pour un chef. Est-ce que tu cuisines ?

Ce serait dommage que personne n'utilise cette pièce à son plein potentiel.

— Je me débrouille. J'ai suivi quelques cours de cuisine. J'aime ça, mais j'aimerais être meilleur. Toi ?

Elle hocha la tête, encore émerveillée par la cuisine. Pour elle, c'était le cœur d'une maison.

— J'adore cuisiner. Et faire des gâteaux, ajouta-t-elle. J'essaie toujours de nouvelles recettes. Par contre, je n'ai jamais suivi de cours.

— Peut-être que tu pourras nous faire un truc un jour. Du vin ?

Elle adorerait lui préparer à manger. En revanche, comme Ren, il n'était engagé que pour le rencard de ce soir, alors ça la surprit qu'il évoque le futur. Mais elle était enthousiasmée par la possibilité.

— Bien sûr.

— Pour le vin ou le repas ? lui demanda-t-elle en souriant.

— Les deux, rit-elle.

Il sortit une bouteille d'une cave à vin encastrée. Il la déboucha et leur versa un verre chacun.

Il leva son verre à sa santé.

— Santé, dirent-ils tous les deux alors qu'elle tapait son ballon dans le sien.

— ... à une soirée agréable, ajouta-t-il.

Il offrit sa main libre à Ève.

— Viens, dit-il.

Sans hésiter, elle lui donna la sienne et le suivit vers la grande pièce ouverte. Il emporta son verre de vin et le sien, puis les posa sur une table située devant un large canapé modulable blanc, avant de faire sombrer son large corps sur les moelleux coussins en cuir. Il tapota la place à côté de lui et elle fit de même. Le canapé était aussi confortable qu'à son apparence. Le cuir de qualité était somptueux et très agréable.

— Tu ne t'inquiètes pas de possibles taches de vin sur ton meuble ?

— Je devrais ? Est-ce que t'es maladroite ? plaisanta-t-il.

Il ramassa une télécommande proche, puis après avoir appuyé sur quelques boutons, de la musique sortit d'une chaîne hi-fi cachée et les lumières se tamisèrent suffisamment pour leur offrir une meilleure vue sur la ville.

— Futé, dit-elle.

— C'est pour mieux pour te séduire.

— Je devine que t'es habitué à avoir des groupies qui se jettent sur toi, rétorqua-t-elle en montrant la télécommande.

— Il y a des femmes qui feraient n'importe quoi avec n'importe qui pour avoir un peu de gloire, dit Cole en haussant les épaules.

— Ah, ces quinze minutes rêvées de gloire.

— Je dure bien plus de quinze minutes. Je te le garantis.

— Tu penses vraiment être si doué que je vais simplement tomber dans ton lit ? plaisanta-t-elle.

— Non, je prévois de te jeter dedans. Pas de chute nécessaire.

Le badinage espiègle devint sérieux.

— Est-ce une promesse ?

Puis les flammes s'élevèrent vers ses joues. Elle n'avait jamais été si effrontée avec un homme. Elle s'était même surprise. Elle se mit debout d'un bond et contourna le canapé pour se placer derrière lui. Les poings serrés, elle fut incapable de contrôler ses frissons soudains.

Elle ne voulait pas qu'il vît sa réaction, qu'il constate qu'elle était subitement nerveuse. Pas qu'elle refuse d'aller plus loin, mais elle n'avait simplement pas l'habitude d'être si ouverte d'un point de vue sexuel avec quelqu'un qu'elle connaissait à peine. Elle n'avait jamais eu d'aventure d'un soir auparavant. Même si ce n'était pas ce qu'elle cherchait ce soir, ça ne voulait pas dire que la soirée ne se terminerait pas ainsi.

Elle se tourna face à son dos, derrière la place qu'il avait toujours sur le canapé. Il n'avait pas bougé d'un poil. Elle ferma les yeux et calma sa respiration. Elle désirait que cela se produise. Ce n'était pas le moment de se dégonfler. Inspirant profondément, elle maîtrisa son angoisse.

Quand elle ouvrit les yeux, elle aperçut son reflet dans la vitre des longues et vastes fenêtres.

Mince. Il avait vu la réaction qu'elle venait d'avoir.

Mais il n'avait toujours pas bougé. Il l'attendait, sans aucun doute. Elle devait être celle qui savait comment les choses se dérouleraient ce soir. Elle pouvait le faire. Elle *souhaitait* le faire. Et cette pensée renforça sa confiance.

— Je veux peut-être simplement rester ami.

Elle se rapprocha de lui, le canapé étant la seule barrière entre eux. Elle traversa son large dos avec son index, effleurant sa peau d'une épaule à l'autre.

— Peut-être, répéta-t-elle, puis elle s'arrêta. Que je veux juste côtoyer les riches et les célébrités.

Soudain, il bougea et laissa sortir un petit rire.

— Tu devrais peut-être te taire, venir là et m'embrasser.

Il attrapa sa main alors qu'elle faisait le tour du divan pour se mettre face à lui. Elle coinça un genou entre les siens et les écarta. Elle se glissa entre ses cuisses. Son sourire malicieux s'agrandit quand elle se pencha, son visage à quelques centimètres du sien.

— Peut-être...

Elle plaça sa paume sur son torse.

— Juste peut-être...

Les palpitations régulières de son cœur s'accélérèrent.

— Que tu devrais juste me baiser.

Les paupières de Cole se baissèrent et il lâcha un souffle frémissant.

— Peut-être que je devrais faire ça.

La chatte d'Ève se contracta au bruit doucereux de sa voix grave. Elle se réchauffa, s'humidifia.

— Je veux te baiser sur ce canapé, dit-elle en sortant les mots lentement, hors d'haleine.

Il rit. Le son fut intense et détint des promesses des choses grivoises à venir.

Ève défit son chemisier en prenant son temps. Cole remonta ses mains le long de ses cuisses, révélant le sommet de ses bas et les déroulant sur ses jambes un à la fois. Elle retira ses talons d'un léger mouvement pour qu'il puisse les ôter par ses pieds tout en saisissant cette occasion pour caresser ses chevilles, ses pieds, ses orteils. Elle frémit quand les mains de Cole retournèrent sous sa jupe, y découvrant sa culotte en soie. Elle détacha son chemisier de ses épaules et le jeta sur le canapé. Elle le regarda avec ses paupières tombantes alors qu'il glissait sa culotte sur ses cuisses, ses genoux, puis un pied en s'arrêtant pour la toucher ici et là. Enfin, son dessous finit sur ses bas. Elle passa la main dans son dos pour défaire son soutien-gorge, le laissant tomber sur ses bras. Il chuta sur le sol et elle le repoussa avec son pied. Leurs yeux ne se quittèrent à aucun moment. Leur contact visuel était plus intime qu'elle le pensait, mais elle fut incapable de le rompre. Ne portant que sa jupe, elle grimpa sur les cuisses de Cole pour le chevaucher. Son vêtement remonta autour de sa taille, permettant à sa peau nue de se presser contre le jean de celui-ci.

Avec l'inclinaison de ses hanches, sa chatte se frotta contre la longueur rigide se trouvant sous son jean. Il était rêche sous sa peau sensible. Mais, oh, si bon. L'abrasion fut suffisante pour la faire gémir d'envie.

Avec une main caressant sa cuisse et l'autre sur son sein, il baissa la tête et captura un téton entre ses lèvres.

Sa bouche était gourmande contre sa peau et elle lâcha un soupir frémissant, puis elle gémit quand les dents de Cole effleurèrent son téton. Les doigts de celui-ci remontèrent sa cuisse et trouvèrent sa chaleur. Elle était mouillée et prête. Elle voulait qu'il la touche jusqu'à ce qu'elle vienne. Elle souhaitait, avait *besoin* de sa libération.

Elle se broya contre lui, contre ses doigts, contre ses cuisses vêtues du jean. Elle se leva et s'affaissa alors que ses doigts l'écartaient, caressaient son clitoris, exploraient ses plis. Il glissa un doigt, puis deux en elle, son pouce trouvant son clitoris et le frottant alors que les autres la baisaient.

De petits bruits lui échappèrent quand la bouche de Cole arpenta son second sein, sa langue titillant le bout dur. Son dos s'arqua, sa poitrine se pressant vers lui, et sa tête se renversa en arrière, la mâchoire relâchée. Ses yeux se fermèrent. La bouche de Cole était acharnée, suçant son téton alors qu'il glissait ses longs doigts en elle, sans pitié. La sensation qui se renforçait au fond d'elle la fit crier. Elle voulut supplier sa clémence, qu'il la fasse passer par-dessus bord. Alors qu'il enfonçait ses dents autour de son téton et ses doigts en elle, elle se raidit et se contracta autour de ses doigts. Un vague d'orgasme la traversa et s'écrasa sur elle. Ses hanches se projetèrent, mais il la tint fermement contre lui jusqu'à ce qu'elle s'affaisse. Molle. Essoufflée.

— Bordel, grogna Cole contre son oreille.

Il était toujours dur comme la pierre sous le corps d'Ève. D'un geste brusque, il se leva, la soulevant du canapé et la prenant dans ses bras. Elle passa les siens autour de son cou et ses jambes nues autour de sa taille. Elle était encore faible après l'intensité de son orgasme, mais il la soutint avec ses bras au niveau de ses cuisses et ses mains tenant fermement son cul. Comme s'il le possédait.

Sans aucun effort, il marcha à grands pas avec son poids jusqu'à une porte de l'autre côté de l'appartement. Elle avait été légèrement entrouverte, mais il l'élargit d'un puissant coup de pied. Elle cogna contre le cale-porte, faisant un peu sursauter Ève.

Cole la jeta sur le lit comme promis, la faisant à la fois couiner et rire. Il la retourna sur le ventre. Aucun doute, il s'emparait des reines. Il dézippa et retira sa jupe, avec rudesse.

Ça. C'était exactement ça qu'elle désirait. Elle souhaitait un homme qui savait ce qu'il désirait et le prenait sans hésitation.

Il n'y en eut aucune quand il enleva son t-shirt par-dessus sa tête et le laissa tomber sur le sol. Ève regarda derrière, par-dessus son épaule, parce qu'elle ne voulait *absolument* pas rater cette vue.

Il s'écarta du matelas d'un pas, ce qui donna l'occasion à Ève de se ruer vers la tête de lit. Une pensée traversa son esprit, lui disant qu'elle devrait être gênée d'être cul nu devant un homme qu'elle venait de rencontrer. Mais elle la repoussa et s'appuya contre la tête de lit pour l'observer. Ce n'était pas le moment de douter de ses choix. Oh, non. C'était le moment de savourer son butin.

— T'es magnifique, dit-il alors que son déplacement attirait l'attention de Cole.

— Comme toi, répondit-elle en souriant.

Son torse était large et bien musclé. Il avait un tatouage des Boston Bulldogs sur le pectoral gauche, juste au-dessus du cœur. Son autre épaule avait un énorme tatouage tribal qui la recouvrait jusqu'au pectoral droit, puis le long de son bras. Les tatouages n'ôtaient rien à ses muscles ou sa beauté, mais les soulignaient. Tout comme sa peau imberbe, à part une petite ligne aguicheuse de poils noirs qui partait de son nombril jusqu'à l'intérieur de son jean. Il était visiblement fier de son corps et continuait de se muscler après sa retraite. Elle savait qu'une des principales sources de revenus provenait de ses publicités et de sa qualité d'égérie, alors il n'avait pas d'autre choix que de rester en forme. C'était un corps qu'il entretenait, qu'il défendait. Elle avait vu des publicités de ses abdominaux si durs, donnant l'impression qu'il n'avait aucune graisse. Mais ce n'était pas l'impression qu'elle avait maintenant. Ils étaient là, mais pas aussi visibles. Ève les préférait comme ceci. Il ressemblait à un homme, pas à un superhéros aux muscles cise-lés. Il semblait plaisant à toucher et à enlacer comme il était en cet instant présent. Sans oublier, agréable à lécher. *Oh, oui.*

Il lui fit un rapide sourire quand il fit un geste pour déboutonner son jean. Ses doigts hésitèrent à peine, la taqui-nant, tout comme cette ligne de poils qui disparaissait.

— Fais-le juste, souffla-t-elle, désirant tellement voir le reste de son corps.

Elle était impatiente de voir son mètre quatre-vingt de nudité à l'état pur. Pas uniquement ce que connaissait le public.

Si seulement les femmes du bar pouvaient voir ce qu'elle avait maintenant devant elle, elles se battraient bec et ongles contre elle.

D'où lui venait cette pensée, bon sang ? Elle n'avait jamais été jalouse comme ça.

Le sourire de Cole s'élargit et ses yeux prirent une lueur, arrachant Ève de sa rêverie. Elle déglutit.

— Dis-moi ce que tu désires, lui demanda-t-il.

Ève relâcha sa lèvre inférieure qu'elle mordait sans s'en rendre compte.

— Toi. Ton corps entier.

Tout. Tout ce qu'il avait à offrir.

À un moment donné, entre l'instant où il l'avait jetée sur le matelas et celui où elle s'était installée contre la tête du lit, il avait perdu ses chaussures et ses chaussettes. En effet, elle voulait le voir en entier, mais elle ne voulait pas oublier la succulente vue qu'elle avait devant elle. Cole, torse et pieds nus, avec seulement un vieux jean usé. Elle souhaitait conserver ce souvenir gravé dans sa mémoire pour toujours. C'était le truc le plus sexy qu'elle avait vu.

Il dégrafa son jean et eut un peu de mal avec la fermeture alors que sa bite faisait pression dessus.

Elle sentit l'excitation, comme quand elle était enfant et déballait un cadeau de Noël sur lequel quelqu'un avait mis trop de scotch.

Cole se pencha pour retirer complètement son jean, et quand il se redressa...

— Bon sang, s'écria Ève sans se retenir.

Bien que l'exclamation fût plus proche d'un chuchotement, il l'avait entendue.

— Étonnée ?

— Euh... Non. Mais je n'ai vu cette taille que sur un...

Sa voix devint inaudible et elle rougit, horrifiée par la direction que prenaient ses pensées.

— Un noir ? finit-il pour elle.

Elle fut uniquement capable de hocher la tête. Bien que les seuls qu'elle eût vus fussent dans des films ou en photos.

— Déjà été avec des hommes noirs ?

— Non.

En fait, elle n'avait pas été avec beaucoup d'hommes tout court.

— Est-ce que la taille de Ren ne t'a pas surprise hier soir ? demanda-t-il en inclinant sa tête.

Il scruta son visage, attendant de voir comment elle allait réagir. Elle ne lui devait aucune réponse, mais lui en donna une tout de même.

— Je ne l'ai pas vue.

— Non ?

Ce fut à son tour d'être étonné.

— Il doit perdre la main.

Pas vraiment, songea-t-elle. Sa main avait été plus que parfaite.

— J'ai peur que tu me trouves facile.

Elle ne devrait pas être scandalisée s'il le pensait, surtout quand elle avait eu un rencard avec Ren la veille, et qu'elle se retrouvait ce soir à avoir des relations intimes avec Cole.

— L'es-tu ?

Direct et droit au but, la question la fit frétiller de l'inté-rieur. Mais son plan progressait.

— Non.

— Avec combien d'hommes as-tu couché ?

Elle fut stupéfaite qu'il pose la question. C'était super inapproprié et il avait d'assez bonnes manières pour le savoir. Elle n'avait fréquenté qu'un nombre restreint d'hommes dans sa vie et sa colère commença à bouillonner face à l'impoli-tesse soudaine de Cole.

— Combien de femmes as-tu côtoyées ?

Elle lui retournait la question et il la fixa tout simple-ment, son expression indescriptible.

— Oh ! Et combien d'hommes ?

Les lèvres de Cole firent une moue et ses yeux s'assom-brirent.

— Deux chiffres ? Trois chiffres ? Pourquoi c'est normal qu'un homme « plante ses graines », mais qu'une femme ne puisse pas le faire ? Si elle aime le sexe, elle est considérée comme une salope, ou une pute, ou une femme *facile.*

Il se déplaça sur le côté du lit en réfléchissant à ses paroles.

— Tu as raison. C'est à double vitesse. Ça l'a toujours été.

Il tendit sa main vers la sienne, mais elle la retira.

— Je suis désolé. Je n'aurais pas dû m'immiscer.

Elle s'était attendue à sa riposte, pas à des excuses. Sa colère disparut.

— Je suis désolée de m'être énervée.

— Tu as le droit de l'être.

Il retenta de prendre sa main, et cette fois, elle le laissa.

— Si j'étais une femme, je serais considéré comme une traînée, rit-il, ce qui sembla détendre l'atmosphère entre eux.

Mais elle se demanda si son score était à trois chiffres. Était-ce possible ? Oh, Seigneur ! Cole avait certainement plus d'expérience qu'elle. Et avec les *deux* sexes. Si cela n'ébranlait pas un peu sa confiance.

— J'adore le sexe, confessa-t-il alors qu'il montait sur le lit près de ses pieds. Le corps humain m'excite.

— C'est également mon cas. Quelqu'un m'a appris à aimer ça. Il m'a montré de la passion, une vraie ardeur. J'ai aussi appris que le sexe était beaucoup mieux quand il y a de l'intimité.

Il attrapa les chevilles d'Ève et la fit glisser pour qu'elle s'allonge sur le dos.

— Il y a une différence entre baiser et faire l'amour, dit Cole en progressant sur les genoux pour remonter le corps d'Ève. Parfois, j'ai juste besoin de baiser, de me soulager. D'autres fois, je veux une longue séance de sexe passionné. Je veux prendre mon temps et apprécier la personne avec laquelle je suis pour ce qu'elle est, ce qu'elle aime. Je veux explorer intégralement mon ou ma partenaire. Trouver ce qui leur plaît. Les amener jusqu'au précipice à maintes reprises, jusqu'à ce qu'ils ne puissent plus l'endurer.

Elle se leva sur ses coudes pour mieux le voir chevaucher ses hanches. Sa bite était longue et épaisse, pointant droit vers elle.

— On doit arrêter de parler et se savourer l'un l'autre, lâcha Ève en souriant et léchant ses lèvres.

Avec ce qui ressembla presque à un grognement, il attrapa ses hanches et se glissa entre ses jambes. Il cala les jambes d'Ève sur ses épaules et enfouit son visage contre elle. Elle poussa un cri de surprise quand sa langue plongea dans en elle, entrant et sortant. Le plaisir traversa son corps et atteignit son centre alors que la langue de Cole trouvait son clitoris et le léchait. Il l'aspira tout en glissant deux doigts en elle jusqu'à ce qu'ils ne puissent plus avancer. Ève renversa sa tête en arrière et agrippa les draps avec ses poings. La langue de Cole caressa chaque recoin et fente de sa chatte alors que ses doigts s'affairaient en elle.

Il trempa son doigt en elle, capturant sa mouille. Puis, il le passa, luisant, sur ses plis avant de le caler contre son anus. Il décrivit des cercles autour et fit légèrement pression dessus. Elle n'avait jamais expérimenté une chose pareille, n'avait jamais rien fait de similaire. Mais il continua à masser son humidité autour de son trou serré, y appuyant plus fermement, puis plus légèrement. Ne violant jamais la barrière, mais le malaxant suffisamment pour la faire crier et basculer sa tête en arrière.

Les orteils d'Ève se retroussèrent et le plaisir monta en elle alors qu'elle venait, ses hanches se soulevant du lit, l'arrachant de la bouche de Cole, son clitoris bien trop réactif si vite après son orgasme.

Les lèvres de Cole brillèrent alors qu'il releva la tête pour lui sourire entre ses cuisses.

— Si réceptive. Si délicieuse.

Ève tenta de contrôler sa respiration pour répondre, mais elle céda et apprécia ce moment d'abandon. Cole grimpa sur elle et fouilla dans le tiroir de la table de nuit. Il déchira l'enveloppe du préservatif avec ses dents et s'en recouvrit rapidement.

Il la retourna sur son ventre et tira ses hanches vers l'arrière. Sa chatte se contracta d'empressement. Elle voulait qu'il plonge au fond d'elle. Elle souhaitait qu'il la baise longtemps et violemment jusqu'à ce qu'elle perde la tête.

Cole pressa avec légèreté le bout de sa bite contre ses plis glissants. Il claqua son cul, et parce qu'elle ne l'avait pas vu venir, elle bondit et couina en même temps quand il s'enfonça au fond d'elle. Il maintint ses hanches aussi immobiles qu'il était, complètement logé en elle. Sans bouger, sans tressaillir. Le corps d'Ève s'étira autour de lui, essayant d'accueillir sa taille. Elle se hissa sur ses coudes, tentant de trouver un peu de soulagement, mais il la remplissait entièrement.

— Mon Dieu ! T'es si serrée.

Sa voix était tendue, ses mains tremblant sur les hanches d'Ève. Il lâcha un long souffle frémissant.

Elle redressa sa colonne et se souleva un peu plus haut sur ses bras.

— Ne bouge... pas.

Les doigts de Cole sombraient dans sa chair.

— Je t'ai dit que je pouvais tenir plus de quinze minutes, mais je n'en suis pas si sûr maintenant.

Elle le regarda par-dessus son épaule, l'effort sur son visage. Avec les yeux fermés, sa mâchoire était serrée, sa bouche légèrement ouverte. Le voir perdre le contrôle ainsi l'incita à contracter ses muscles, le pressant un peu. Ils crièrent tous les deux, haletant.

Proposition osée

— Baise-moi, supplia-t-elle. Fais-moi jouir.

Il allait la rendre folle s'il ne bougeait pas rapidement.

Et il le fit. Un moment si immobile, le suivant la pilonnant par-derrière, glissant en elle sans modération, ses hanches claquant contre son cul. Elle retomba sur ses coudes et pressa son front contre le matelas. Il était si dur, elle était si mouillée. Elle se força à se détendre et s'ouvrit plus à lui, pour l'accepter en entier. Quand elle réussit, la cadence de Cole rata un temps et il lâcha un son étranglé.

Il tendit la main et trouva son clitoris avec son pouce. Il décrivit des cercles autour et le frotta jusqu'à ce qu'un orgasme éclate en elle, comme une vague s'écrasant sur des rochers. Elle hurla alors qu'il continuait à la pilonner implacablement, encore et encore, jusqu'à ce qu'elle jouisse une nouvelle fois. Mais cette fois, il vint avec elle, criant contre son dos. Il eut du mal à maintenir ses hanches en l'air quand sa bite palpita au fond d'elle.

Il la lâcha et elle s'effondra sur le lit, incapable de reprendre son souffle. Il fit de même à côté d'elle, leurs poitrines se soulevant et tombant à un rythme effréné.

Quelques minutes plus tard, il se tourna sur son flanc et l'attira contre lui, déposant un baiser sur son épaule.

Une fois que sa respiration ralentit et que ses sens lui revinrent, elle baissa les yeux vers son corps, se délectant de la virilité de ses lignes et ses plats. Son corps représentait l'équilibre parfait entre fermeté et douceur.

— Est-ce que je t'ai fait mal ?

Elle secoua la tête et il la tint plus vigoureusement dans ses bras.

— Je suis désolé d'avoir été si rude. Tu m'as tellement excité que je me suis laissé emporter.

Elle le prit comme un compliment.

— Tu ne m'as pas entendue me plaindre, non ?

Il gloussa, son corps vibrant contre le sien.

Il soupira, puis s'écarta.

— Désolé, je dois me débarrasser de ça.

Il se leva et marcha à pas feutrés jusqu'à la salle de bain pour jeter le préservatif. Il revint après quelques secondes. Elle le regarda s'approcher du lit comme s'il était de l'eau et qu'elle était assoiffée.

— Pas de marques de bronzage.

— Quoi ? s'étonna-t-il en s'arrêtant au bord du matelas.

— Tu n'as aucune marque de bronzage.

Il se remit sur le lit et l'enveloppa dans ses bras.

— Pourquoi j'en aurais ?

— Eh bien, ton bronzage est parfait. Je suis jalouse. D'habitude, je ne fais que cramer. Ou j'ai des taches de rousseur.

— Ce n'est pas du bronzage. C'est juste mon corps.

Ève s'écarta un peu de lui et scruta son visage.

— J'ai la peau claire, dit-il en la regardant droit dans les yeux.

Ève fronça les sourcils et prit une seconde pour comprendre ce qu'il avait dit.

— Attends. T'es noir ?

— Théoriquement.

— On ne dirait pas. On dirait que tu es...

— Blanc...

— Avec un très bon bronzage. Ton teint est magnifique.

— Je suis moitié-moitié. Mon père est noir, ma mère est blanche, ou plutôt de descendance italienne. Je pourrais passer pour un blanc. Je passe d'ailleurs pour un blanc, mais je suis quand même officiellement considéré comme un noir.

Il fit des guillemets avec ses doigts pour « officiellement ».

— Officiellement. Est-ce que le libellé *officiel* a vraiment de l'importance ?

— Pour certaines personnes.

— Je ne suis pas « certaines personnes ». Tes parents ont fait un très beau bébé.

Il posa un doux baiser sur ses lèvres. Ève fut étonnée que ce soit leur premier baiser. Ils avaient couché ensemble avant même de s'embrasser !

— Tu devrais voir ma sœur. Absolument somptueuse. Foutrement intelligente aussi. Ses yeux sont encore plus verts que les miens. Elle aurait pu faire mannequin, mais elle être astrophysicienne.

Il rit.

— Quoi ? Waouh ! C'est impressionnant. Tes parents doivent être vachement fiers.

— Ouais, mais elle a eu tous les neurones. Je suis devenu l'idiot d'athlète.

Ève ne réussit pas à déterminer s'il plaisantait ou pas. Elle espérait que oui. Il avait été un joueur de football de talent.

— Tu pourrais faire du mannequinat.

— Je le fais de temps à autre pour les publicités. J'ai de super contrats, mais...

— Mais ? insista-t-elle.

Il leva une épaule, sans enthousiasme.

— Parfois, j'en ai marre d'être sous les projecteurs. Ça s'est calmé depuis que je suis à la retraite, mais pas assez pour moi.

— Alors la célébrité, ce n'est pas ce qu'on croit ?

Il fit une moue sombre.

— Non. Mais assez parlé de moi.

Il leva la main gauche d'Ève et fit tourner son alliance autour de son annulaire.

— Maintenant... C'est quoi ça ? Devrais-je être inquiet qu'un homme débarque ici pour essayer de me botter le cul ?

— Non.

— Mais tu portes encore sa bague.

Ce n'était pas une question, c'était une affirmation qui ressemblait à un défi.

— En effet.

— Rupture difficile ?

— Pas vraiment.

— Toujours douloureux ?

Elle y réfléchit un instant. Oui, la disparition de son mari était toujours douloureuse, mais ce n'était plus récent. Il lui manquerait toujours.

— C'était douloureux pendant un moment. Assez pour que je ne fréquente personne depuis.

— Depuis... la poussa-t-il.

— Sa mort.

— Je suis désolé.

Cole enveloppa ses doigts autour des siens et pressa sa main contre son torse nu, sur son tatouage des Boston Bulldogs. Elle sentit son cœur battre. Ses pulsations étaient lentes et régulières.

— Tu t'es bien trop excusé ce soir.

— Les excuses ne coûtent rien, dit-il en haussant légèrement les épaules.

Elle tourna la tête sur l'oreiller pour le regarder. Pour le voir vraiment. Cet homme n'était pas un sportif idiot.

— Quoi ? demanda-t-il, comme s'il était soudain inquiet qu'elle puisse lire ses pensées.

— Rien, répondit-elle en lui souriant.

— Est-ce que tu veux que je te ramène chez toi ? Ou tu souhaites rester et me faire le petit-déjeuner ?

Il parut insister sur la deuxième question, comme si c'était sa préférence.

Elle voulut lui retourner les questions. Désirait-il qu'elle reste ou parte ? Mais elle ne voulait pas sembler trop peu sûre d'elle... Même si c'était le cas. Quel était le protocole habituel pour cette situation ?

— J'adorerais te préparer le petit-déjeuner dans cette cuisine incroyable, sortit-elle finalement.

— Ah. Je vois. Tu me désires que pour ma grosse cuisine.

Elle gloussa. Puis elle se stoppa avec consternation. Elle ressemblait à une petite écolière écervelée !

— Tu le sais, rétorqua-t-elle en retirant l'oreiller de sous sa tête et le frappant avec au visage. Il n'y a rien de tel qu'un homme et sa grosse cuisine.

Il écarta l'oreiller et roula sur elle, l'épinglant sur le lit. Elle attrapa à nouveau l'oreiller et commença à le frapper avec. Ils rirent si fort qu'ils furent tous les deux à bout de souffle. Il agrippa finalement ses poignets agités et les plaqua de chaque côté de son visage.

— Est-ce que c'est considéré comme un tacle ?

— Tu ne connais pas grand-chose au football, n'est-ce pas ?

— Est-ce que je devrais ? demanda-t-elle.

Il fit un bruit de faux dégoût avant de capturer ses lèvres avec les siennes. Elles bougèrent sur celles d'Ève, sa langue s'enfonçant entre elles. Leurs langues s'entremêlèrent, et le baiser s'intensifia jusqu'à faire s'envoler leurs plaisanteries. Plus rien ne resta, à part du désir pur.

— On a tout le temps avant l'aube pour que je t'apprenne les fondamentaux du football, lui dit-il en s'écartant suffisamment. Mais d'abord, je veux t'entendre crier une nouvelle fois quand tu jouis.

Cela semblait être un programme qu'elle pouvait accepter.

Chapitre Six

Ève déambula dans la cuisine comme si elle était chez elle. Pendant que Cole était sous la douche, elle découpa les légumes frais qu'elle avait trouvés dans le bac du frigo. Il avait demandé une omelette aux légumes et au fromage, avec de la dinde fumée et beaucoup, beaucoup de café. Ses mots, pas les siens.

L'odeur de café moulu tournoya autour d'elle alors qu'elle prenait les poêles et ustensiles dont elle avait besoin pour lui préparer le petit-déjeuner.

Elle ne portait rien, à part une de ses chemises boutonnées à col d'un rose pâle. Elle était fermée n'importe comment et les manches étaient roulées jusqu'à ses coudes, puisque le vêtement était trop grand pour elle. Elle n'avait même pas pris la peine de chercher sa culotte. Elle ignorait où elle avait fini.

La clarté matinale éclairait suffisamment le penthouse pour qu'elle n'eût pas besoin d'allumer les lumières. L'horizon était aussi époustouflant aux premières heures de la journée qu'il l'avait été la veille au soir.

Alors qu'elle s'affairait dans la cuisine, elle remarqua des vestiges de la carrière footballistique de Cole dans l'appartement. Au premier plan, au milieu, il y avait une énorme photo de Cole et Ren tenant le trophée du Super Bowl au-dessus de leurs têtes, un air de joie pure sur leurs visages. Des confettis colorés pleuvaient sur eux et ils célébraient tous les deux la plus grande victoire de leurs vies.

L'ascenseur fit un bruyant *ding* et les portes s'ouvrirent, révélant un des sujets de la photo. Le cœur d'Ève s'arrêta.

Est-ce que Cole attendait Ren ? Avait-il le badge du penthouse de Cole ?

Elle eut l'impression d'être un lapin pris au piège quand Ren leva les yeux et la repéra.

— C'est quoi ce bordel ?

Merde.

Une petite part d'elle voulut courir dans la chambre et claquer la porte. Mais c'était ridicule. N'est-ce pas ?

Ève évaluait toujours ses options quand Ren marcha vers elle avec un air curieux sur le visage. Par étrange, elle pensait à un mélange entre la surprise et la colère, mêlé à de la déception.

— C'est quoi ce bordel !

Ne venait-il pas de le dire ? Ève ne réussit qu'à lui faire un maigre sourire et essaya d'avaler la boule dans sa gorge.

— Qu'est-ce que tu fais là, bon sang ?

Heureusement, avant qu'elle puisse répondre, Cole sortit de la chambre avec un pantalon ample en coton. Il en attachait le cordon à sa taille tout en marchant.

— Salut, frangin, dit-il en ignorant l'air orageux sur le visage de Ren, comme si celui-ci s'invitait n'importe quand chez lui.

C'était peut-être le cas. Mais ce matin n'était pas le meilleur moment pour Ève.

Proposition osée

— Dis-moi que vous avez un petit-déjeuner pour rencard, lâcha Ren en secouant la tête et fermant sa bouche.

Ève lui tourna rapidement le dos et s'occupa en attrapant le beurre, les œufs et le lait dans le frigo.

Alors qu'elle revenait placer la nourriture sur le plan de travail, elle bouscula pratiquement Ren. Il était si près que sa tension l'engloutit.

Il la toisa des pieds à la tête et elle put sentir la chaleur dans son regard. En cet instant, elle ne pensait pas que c'était du désir. Il jeta un coup d'œil au-dessus de sa large épaule, vers Cole.

— Est-ce que c'est ta chemise qu'elle porte ?

Cole haussa les épaules et se versa une tasse de café.

— Café ? proposa-t-il.

— Tu plaisantes, n'est-ce pas ?

Ren ne parlait pas non plus du café.

Il se laissa tomber sur l'un des tabourets du bar, de l'autre côté du comptoir. Il balança ses clés de voiture sur le comptoir et le cliquetis sonore fit sursauter Ève.

— Mec, Ève fait le petit-déjeuner. Laisse-lui te préparer quelque chose.

— Oui, laissez-moi faire le petit-déjeuner pour vous deux, dit Ève en trouvant enfin sa voix.

Ren détourna la tête de Cole pour l'épingler de son regard.

— Tu sais, Dix, je ne m'attendais pas à ça.

— Moi non plus, répondit honnêtement Cole.

— En fait, je suis venu pour te dire que j'étais intéressé de la revoir.

Ses yeux ne se posèrent à aucun moment sur le visage d'Ève. Elle se força à ne pas laisser la surprise apparaître sur son visage.

— Tu ne pouvais pas appeler ? plaisanta Cole, mais cela tomba un peu à plat.

— Je suis désolée, dit Ève à Ren.

— Aucune raison de t'excuser, rétorqua Ren en secouant la tête.

— Mais si ça peut te rassurer, j'aimerais aussi te revoir, ajouta Ève.

Elle voulut grimacer à ces mots. *Mais si ça peut te rassurer, Ren, je veux vraiment vous fréquenter tous les deux, ton meilleur ami et toi. Tu te sens mieux maintenant ?*

Le silence brutal fut si intense qu'Ève put entendre le beurre rissoler dans la poêle à frire. Les deux hommes la fixèrent comme si une deuxième tête avait poussé sur son corps. Elle ne leur en voulait pas.

— Vraiment, dit Ren.

Elle commença à casser des œufs dans un bol, évitant le contact visuel et gardant ses mains occupées.

— Oui. Pourquoi pas ?

Les hommes se regardèrent, puis retournèrent leurs yeux vers elle.

— Alors, euh, tu souhaites avoir un autre rencard avec Renny ? demanda Cole après s'être éclairci la gorge.

— Pas seulement avec Renny, comme tu l'appelles, mais avec toi aussi. J'ai passé du bon temps hier.

— On dirait bien, grommela Ren.

Cole lui fit un grand sourire. Ève s'inquiéta que Ren soit encore un peu trop instable pour que Cole le provoque.

— En effet. Et j'ai également passé du bon temps avec toi l'autre soir. J'adorerais vous voir tous les deux.

Elle fouetta les œufs avec le lait, ne croisant toujours pas leurs regards.

— Je veux dire, si ça vous convient à tous les deux.

Une fois encore, le silence fut assourdissant. Elle avait peur de lever les yeux.

S'ils rejetaient son idée de les fréquenter tous les deux, son plan ne fonctionnerait jamais. C'était mieux de le savoir maintenant, non ?

— Crème ? demanda Cole en posant une tasse de café fumant à côté d'elle.

Elle hocha la tête et il en versa dans son mug, puis en touilla le contenu pour elle. Elle lui jeta un coup d'œil. Son visage était aussi neutre que possible.

— Sucre ?

Ren lâcha un son frustré.

— Cole, bon sang, t'es vraiment un crétin.

— Pourquoi ? s'exclama-t-il en regardant Ren avec surprise. Parce que l'idée qu'elle nous voit tous les deux ne me dérange pas ?

— Oui ! Non ! grogna Ren. Merde ! Je ne sais pas.

— On s'en tape ! Mets juste un putain de préservatif.

— Mets juste un putain de préservatif, répéta Ren en secouant la tête. C'est aussi simple, alors ?

— Ouais. Pourquoi pas ?

— On n'a jamais fréquenté ou couché avec la même femme.

— Et alors ? lui rétorqua Cole en le regardant droit dans les yeux.

— Cole, tu peux prendre des assiettes, s'il te plaît ?

Il fit ce que lui demandait Ève, les plaçant à côté du four.

— Du bacon ? proposa-t-elle en se tournant vers Ren.

— Est-ce que c'est la merde de dinde fumée qu'il achète ?

Ève rit, rompant la tension dans la pièce.

— Oui.

— Quel mec bouffe de la dinde fumée ?

— Moi, répondit Cole en fourrant un bout se trouvant dans la poêle directement dans sa bouche.

— T'es vraiment une gonzesse, dit Ren.

— Ève, est-ce que j'étais une gonzesse hier soir ?

Ève lui jeta un regard oblique.

— J'ai fait des œufs brouillés avec des légumes et du fromage à la place des omelettes, puisqu'on est trois.

— J'espère que ce n'est pas le fromage de tofu, rétorqua Ren.

— Non, j'ai balancé cette merde. C'était dégueulasse.

Finalement, les deux hommes rirent et Ève se détendit un peu.

Alors qu'ils mangèrent tous leurs petits-déjeuners, la question de fréquenter les deux hommes ne trouva pas vraiment de réponse. Ils esquivèrent le problème et parlèrent de tout, à part cela. Ève put constater la camaraderie entre eux. Et elle ne voulait pas faire quoi que ce soit qui pourrait la gâcher.

Chapitre Sept

Une fois le petit-déjeuner terminé et la cafetière presque vide, les gars nettoyèrent puisqu'elle avait cuisiné. C'était équitable, avaient-ils dit. Et elle n'allait pas les contredire.

Puis, étonnamment, Ren lui offrit de la ramener chez elle. Elle ignorait s'il voulait simplement la sortir du penthouse de Cole, mais il le lui avait proposé et elle avait accepté Cole n'avait pas contesté.

Le trajet de retour avait été gênant, mais il s'était comporté comme un parfait gentleman tout du long.

Ève avait peur qu'en sachant qu'elle couchait avec son meilleur ami, Ren soit repoussé par l'idée. Couperait-il les liens entre eux avant même qu'elle leur soumette son plan osé ? Ce serait une réaction normale, n'est-ce pas ?

Après qu'il s'introduisit dans l'allée devant sa petite maison de banlieue, il éteignit l'Escalade et se tourna vers elle.

Avant qu'il puisse dire quelque chose, elle parla.

— Je peux me rattraper.

— Comment ? demanda-t-il en levant les sourcils.

— Est-ce que tu dois vraiment poser la question ?

— Alors, tu étais sérieuse en disant que tu voulais nous voir tous les deux ?

— J'aimerais bien.

— Je ne suis pas certain de pouvoir accepter, confia-t-il en secouant la tête. Mais je suis prêt à te revoir pour explorer ce qu'on a.

Il attrapa une mèche de ses cheveux et l'enroula autour de son doigt.

— Je t'aime bien.

— Je t'aime bien aussi, répondit-elle en lui faisant un sourire en coin. Que dis-tu de vendredi prochain ?

Il resta silencieux en scrutant son visage.

— Seulement si tu me laisses la chance de te montrer mon chez-moi, puisque t'as vu celui de Cole.

— Ce n'est pas une compétition, dit-elle en croisant son regard.

Elle avait besoin qu'ils fonctionnent tous les deux en équipe, pas qu'ils rivalisent l'un contre l'autre.

— Tu as affaire à deux compétiteurs, pouffa Ren. Bien sûr que c'est une compétition. Un truc simple comme payer une tournée se transforme en compétition.

— Beaucoup de testostérone à brûler, hein ?

— Ça aussi, accorda-t-il en passant son pouce sur la lèvre inférieure d'Ève. Je savais que t'avais des taches de rousseur sur ton nez.

Les activités nocturnes de la veille avaient effacé tout son maquillage. Évidemment, avec la nuit inattendue chez Cole, elle n'avait rien sur elle pour s'arranger.

— Où as-tu d'autres taches de rousseur ?

— Tu vas devoir le découvrir tout seul, répondit-elle en lui faisant un petit sourire.

— Oh, ça ressemble à un défi que je vais savourer.

Il sortit du SUV et en fit le tour pour ouvrir sa portière.

— C'est bon pour vendredi prochain. Je t'enverrai mon adresse et l'heure.

Elle marcha jusqu'à sa porte.

— Mets quelque chose de sexy, appela-t-il derrière elle.

Elle sourit et lui fit un signe de la main alors qu'elle déverrouillait la porte et se dérobait à son regard excité.

Maintenant, elle se retrouvait là, moins d'une semaine après, à regarder par la fenêtre de la voiture, contemplant le paysage qui défilait après avoir donné l'adresse de Ren au chauffeur Uber. Le conducteur roulait vers la banlieue nord-ouest de la ville. Il l'emmena dans un quartier de rues bordées d'arbres, de pelouses bien entretenues et d'énormes maisons.

Le chauffeur ralentit pour lire les numéros des maisons, mais ils n'étaient pas sur les boîtes aux lettres. Non. Les numéros ornementés apparaissaient sur chaque allée *clôturée*. Finalement, il s'arrêta devant un portail et appuya sur le bouton encastré dans un pilier en pierre.

Le portail s'ouvrit automatiquement et le chauffeur continua sur la ruelle qui menait à un grand cercle devant la bâtisse. Ève pressa son front sur la vitre pour lever les yeux et voir l'immensité de la maison. Bien sûr, elle était ridiculement grande.

Elle s'écarta brusquement de la fenêtre quand la porte d'entrée s'ouvrit et que Ren descendit au pas de course les marches en pierre grise pour attraper la portière. Il l'aida à s'extirper, mais elle se retourna vers la voiture.

— Attends, lui dit-elle. Je dois payer le chauffeur.

— Stop.

Il fit un signe de main vers elle et sortit son portefeuille. Il paya le chauffeur qui se révéla être un grand fan et demanda un autographe. Le sourire de Ren s'élargit et il fit plaisir au conducteur. Il lui serra la main avant que celui-ci s'éloigne vers le portail, klaxonnant et faisant un signe de la main. Ren adorait clairement ses fans.

Il gloussa, puis retourna son attention vers Ève.

— Tu n'as pas de voiture ?

— Non. Aucune raison d'en avoir. C'est moins cher pour moi de prendre des taxis et des chauffeurs.

Ren siffla longuement.

— Waouh. Hors de question. J'aime ma liberté de pouvoir sauter dans un véhicule et partir à tout moment.

— Ça me convient, dit Ève en haussant les épaules.

— Et cette robe me convient, commenta Ren en reculant et se rinçant l'œil. Sacrément sexy.

Elle avait décidé de porter sa robe émeraude en deux pièces au décolleté plongeant et à l'ourlet couvrant à peine son cul. Comme la robe qu'elle portait à la cérémonie de fiançailles, ses épaules étaient totalement dénudées. La seule chose qui maintenait le haut était deux fines lanières. Et le bas ? Ses hanches. Ponctuellement, une portion de son ventre apparaissait quand elle bougeait. La robe était simple, mais efficace. Et accompagnée de sandales à talons émeraude, elle pouvait voir l'effet puissant qu'elle avait sur Ren.

Ren se pencha pour poser un baiser sur l'épaule d'Ève.

— Je devais embrasser cette tache de rousseur, se justifia-t-il. Je prévois de goûter chaque tache de rousseur de ton corps, juste pour que tu saches.

Il lui tendit la main et elle y mit la sienne.

— J'ai hâte.

Il la mena dans les marches jusqu'à la maison. Maison. Non, ce n'était pas une simple maison. Elle était sous stéroïdes.

Le vestibule d'entrée ressemblait davantage à un hall d'hôtel. Il faisait deux étages avec un chandelier en forme de poulpe qui semblait constitué de métal sombre, sûrement du laiton, avec un luminaire pendant de chaque tentacule. Comme c'était étrange.

— C'est différent.

— J'adore le rétrofuturisme.

Rétrofuturisme. Ce n'était pas de cette façon qu'elle le voyait. Elle avait escompté que son domicile aurait des lignes épurées, un décor moderne, presque semblable au penthouse de Cole. Mais après qu'il ait évoqué le rétrofuturisme, elle put l'apercevoir dans l'architecture de la maison. Des escaliers de l'entrée qui menaient au deuxième étage jusqu'à la plus petite décoration. Beaucoup de métal et de bois, du marron foncé au doré clair. Des engrenages et des poulies. Des malles. Un mélange de gothique, de style industriel et de style victorien. Assurément pas ce qu'elle avait imaginé.

Il l'emmena dans une grande pièce, qui aurait pu être le salon ou un séjour. Dans tous les cas, elle aurait pu abriter une petite famille. Des canapés en cuir noir encadraient une imposante cheminée en pierres.

Cette maison était sombre, comparée au lumineux penthouse de Cole. De tels opposés.

Il la mena au bout de la vaste pièce, vers des baies vitrées. Il les ouvrit en grand et l'escorta sur une énorme terrasse. Elle s'éloigna de lui d'un pas décontracté jusqu'à la rampe, qui surplombait un lac privé. Elle absorba la beauté de l'eau et du paysage. C'était... paisible. Des arbres et une clôture en bois encadraient les deux côtés de la pelouse bien entretenue, conférant un sentiment d'intimité par rapport aux voisins. Elle pouvait s'imaginer passer beaucoup de temps dehors, si c'était sa propriété.

— Je pensais qu'on pouvait dîner ici. La terrasse est orientée vers l'ouest. On pourra voir le coucher du soleil.

Elle se tourna et il se tenait près d'une table éclairée par des bougies sur laquelle se trouvaient des assiettes recouvertes de cloches. Des cloches ? Rétrofuturiste ? Qui était cet homme ?

— Est-ce que t'as cuisiné ? demanda-t-elle, étonnée.

— Sois contente que non, rit-il. J'ai une amie qui est une cheffe incroyable. Elle nous a préparé un repas spécial.

— Essayez-vous de me séduire, Monsieur Landis ?

— Pas du tout, Mademoiselle Sanders, rigola-t-il une nouvelle fois. Mais...

Il l'attira près de lui et baissa les yeux vers elle.

— Est-ce que ça marche ?

— La soirée ne fait que commencer, Monsieur Landis. On verra. On verra.

Il fit un signe de main vers la table.

— Mangeons avant que ce soit froid, dit-il en écartant une chaise de la table. Assieds-toi.

Elle le fit et il rapprocha la chaise de la table.

— Krug Brut ? proposa Ren. C'est du 1988, une bonne année.

— Quoi ?

Il gloussa et sortit une bouteille de champagne d'un seau en argent rempli de glace. Il lui montra l'étiquette avant de le déboucher et de lui verser un verre.

— Santé ! s'exclama-t-elle en levant son verre et l'entre-choquant avec le sien. Est-ce que tu te souviens de 1988 ?

— À peine.

Elle prit une gorgée et les bulles lui firent froisser le nez.

— Mmmh. C'est si bon.

— Ton visage dit le contraire.

— Non, c'est vraiment bon. Les bulles me picotent juste le nez.

— J'ai gardé cette bouteille pour une occasion spéciale.

— Vraiment ? s'étonna-t-elle en le regardant.

Alors, ce devait probablement être une bouteille de

bulles très coûteuse... Trouvait-il réellement que cette soirée soit un évènement valable pour ouvrir une bouteille millésimée de champagne ? Il continuait de la surprendre, de la tenir en haleine. Ce n'était pas un athlète typique.

— Pourquoi tu souris ? lui demanda-t-il.

— Pour rien.

— Non, ce n'était pas rien.

Elle regarda le lac, évitant ses yeux.

— Je suis plutôt étonnée que tu penses que dîner avec moi est une occasion spéciale.

Il couvrit la main d'Ève avec la sienne, là où elle l'avait posée sur la table.

— Ne te rabaisse pas.

— T'es certain d'avoir été joueur de football ?

— J'essaie de te présenter mon côté doux, les manières que m'a enseignées ma mère. Plus tard, je te montrerai mon côté bestial. Le côté animal avec lequel je déchirerai ta robe et te baiserai comme tu n'as jamais été baisée.

Il grogna comme un tigre, ce qui la fit glousser.

— T'es sûr qu'on doit d'abord dîner ?

— Oui, rit-il. Adélia me tuerait si ce dîner gastronomique qu'elle a préparé allait à la poubelle. En plus, je veux d'abord regarder le coucher du soleil avec toi. C'est magnifique, je te le promets.

Il retira la cloche de son assiette.

— Tout le monde doit manger pour vivre et se nourrir des autres.

— De qui c'est ?

Il haussa les épaules et dévoila son repas.

— Je l'ai entendu quelque part et j'ai bien aimé. C'est resté.

Il indiqua la nourriture du doigt.

— Côtes d'agneau grillées, asperges grillées et polenta. Grillée, bien sûr.

Elle prit une bouchée de l'agneau. C'était succulent.

— D'après l'aspect de ton visage, je pense pouvoir affirmer que tu aimes l'agneau.

— J'en mange rarement, mais c'est parfait. Waouh. Merci à la cheffe.

— En fait, je voulais qu'elle fasse mon plat préféré, mais elle se disait que ça s'associerait mieux avec le champagne.

— C'est quoi ton plat préféré ?

— Elle fait un incroyable burger gastronomique, avec des frites maison, arrosées de vinaigre de malt. Mmmh. Mmmh. Mmmh. Elle fait aussi le meilleur coleslaw du monde. Sa nourriture est orgasmique.

— Waouh. Ça me paraît sympa !

— La prochaine fois.

Oui, la prochaine fois. S'il y en avait une prochaine. Ève espérait grandement qu'il y en aurait une. L'homme assis en face d'elle la tenait en haleine. Il était comme un oignon, avec tant de couches. Elle voulait pouvoir éplucher toutes ces couches pour découvrir toutes ses nuances. S'il la laissait faire.

Avec les ventres remplis, ils se déplacèrent vers une causeuse matelassée sur la terrasse qui faisait face à l'eau. Le croassement des grenouilles-taureaux et la mélodie des criquets leur chantaient la sérénade alors qu'ils attendaient le coucher du soleil. Les couleurs du ciel lui rappelèrent une peinture. C'était paisible et serein.

L'homme près d'elle était robuste, son bras enveloppé autour de ses épaules nues. Elle se pencha vers lui, pratique-ment glissée sous son bras. Elle pressa son visage dans son cou et inspira son parfum. Il sentait si bon. Elle détecta une odeur fraîche de ce qui semblait être du miel... De céréales ?

— Pourquoi tu sens le petit-déjeuner ? murmura-t-elle contre sa peau.

Son gloussement d'une voix grave envoya un frisson le long de sa colonne vertébrale, durcissant ses tétons.

— C'est mon savon. Il est fait localement avec du miel, des céréales et du lait de chèvre. T'as froid ?

— Non. C'est aussi fait avec des larmes d'anges ? Parce que tu sens le paradis pour moi.

Ren pouffa.

— Oh, tu sais faire des blagues.

Il la pressa dans ses bras et baissa son visage, l'embrassant violemment, prenant complètement possession de sa bouche et de sa langue.

Ève passa une main à l'arrière de sa tête et gémit contre sa bouche. Leurs langues dansèrent, leurs souffles se mélangèrent. Elle ferma les yeux pour se laisser aller au baiser.

L'autre main d'Ève trouva la taille de Ren, essayant de se rapprocher si c'était possible. Les mains de Ren dérapèrent sur son cul nu, sur ses épaules et le long de ses bras jusqu'à ses poignets. Il se libéra et se recula légèrement.

— Bébé, à moins que tu veuilles que je te prenne juste ici, sur cette terrasse, on doit se retenir un peu. Je t'ai promis un magnifique coucher de soleil. Une fois que le soleil sera caché, tous les coups seront permis.

Ève ignorait si elle pourrait attendre autant. Sa respiration était forcée et elle mouillait déjà.

— Dans combien de temps le soleil se couche-t-il ?

Ren lâcha un souffle tremblant.

— Putain... Tu ne me rends pas la tâche facile. On doit se mettre debout.

Il attrapa sa main pour l'aider à se lever.

— Je suis dur comme la pierre.

Il ajusta sa bite dans son pantalon noir sur mesure, puis la guida jusqu'à la rampe de la terrasse. Elle posa son ventre contre et il se plaça derrière elle, ses hanches fixées contre son cul.

— Est-ce que tu peux me sentir ?

Ève eut le souffle coupé, elle fut seulement capable de hocher la tête.

Ren repoussa ses cheveux sur le côté et se blottit dans son cou. Il descendit doucement, embrassant et léchant sa peau chaude, puis mordillant au croisement entre son cou et son épaule. Il passa ses bras autour de sa taille, le poids de ses seins contre ses avant-bras. Il posa alors sa joue contre la sienne.

— Voilà. Tu vois ? Mère Nature va se coucher pour la nuit. Elle nous donne toutes ces magnifiques couleurs pour nous dire bonne nuit.

— C'est splendide.

— Je ne m'en lasse jamais.

Ils observèrent le soleil descendre jusqu'à ce qu'il disparaisse lentement à l'horizon, les vives couleurs prenant rapidement des nuances de bleu foncé, de gris et de noir.

Le cœur d'Ève rata un battement quand Ren attrapa sa main et la raccompagna à l'intérieur de la maison. Il la conduisit jusqu'à l'impressionnant escalier dans l'entrée.

— Ça fait beaucoup de marches, le taquina-t-elle.

— Tu veux que je te porte ?

— Je pensais que tu ne proposerais jamais !

Quand il la faucha dans ses bras, elle couina de surprise. Elle put sentir les vibrations de son rire dans sa poitrine.

— Je plaisantais ! s'exclama-t-elle en le cognant doucement au bras.

Son biceps gonfla. Elle passa une main sur le muscle alors que Ren montait facilement les escaliers, même avec son poids.

— Si fort, dit-elle en rigolant. Si viril !

Il lui jeta un coup d'œil, essayant de paraître sérieux et « viril », mais échouant.

Il marcha à grands pas dans le couloir, lui faisant franchir la porte avec précaution de ce qu'elle supposait être sa chambre. *Chambre* n'était pas tout à fait le bon mot. Cela ressemblait plus à une suite. OK, même pas. Plutôt à un petit appartement puisqu'une chambre ordinaire n'avait pas de salon près d'une cheminée en pierres. Elle aperçut un dressing de la taille de sa modique chambre à elle. Et la salle de bain attenante ? Elle était impatiente de la voir. Elle pariait qu'elle disposait d'une douche assez grande pour faire du ventriglisse. Mais cela devrait attendre.

Alors qu'il s'approchait du lit, elle croyait qu'il la lâcherait dessus. Mais il n'en fit rien. Il la remit gentiment sur ses jambes sur le plancher en parquet.

— Waouh, tu prends vraiment au sérieux le rétrofuturisme, commenta-t-elle en se tournant vers la tête de son lit, admirative.

— T'aimes ?

La tête de lit était massive, mais c'était un joyau. Elle était constituée d'embrayages, d'engrenages, de pistons et des collecteurs fatigués, tous assemblés et soudés pour créer une intéressante œuvre d'art. Le tout enduit de poudre, lui conférant une apparence d'un noir mat. Très masculin, comme lui.

— C'est dingue. Dans le bon sens. Mon père était un grand passionné de voitures. Il aurait adoré.

— Crois-le ou non, c'est un fan qui m'a fait ça. Il a trouvé les pièces de ferraille dans une décharge et les a soudées. Voilà le résultat.

— Comment il savait que t'aimais le rétrofuturisme ?

— Un article écrit sur moi dans l'un des magazines de sport. Le journaliste est venu ici pour l'interview et a pris des photos de ma maison. Six mois plus tard à peine, ceci était livré devant ma porte. Le mot me remerciait d'avoir rapporté le trophée du Super Bowl à Boston pour la première fois de l'histoire.

— Est-ce qu'au moins il a eu un autographe ?

— Oh, ouais. Je lui ai envoyé un gros colis d'objets dédicacés.

Elle flâna vers l'une des grandes baies vitrées. Elle put voir la lune se lever suffisamment pour se refléter sur l'eau.

Ren se mit derrière elle, passant ses doigts sur son bras, de son épaule au bout de ses mains, et remontant. Il agrippa ses épaules et la retourna pour qu'elle le regarde dans les yeux.

Il tendit la main vers Ève et retira doucement les cheveux de son épaule. La bouche de Ren s'ouvrit, comme s'il avait du mal à former une phrase.

— J'ai vachement de mal à ne pas me comporter comme une bête.

Une bête.

Un frisson remonta la colonne d'Ève, froissant encore plus ses tétons. Assez pour que ce soit douloureux.

Elle lutta contre l'envie de les frotter, de les apaiser. De décrire des cercles autour de ses tétons pour l'inviter à prendre le relais.

Ren la fixa intensément alors qu'elle examinait ses traits, son visage.

— T'es un très bel homme, tu sais. Je vais te toucher.

— Seulement si t'es prête à en subir les conséquences, la prévint-il.

— Est-ce que je le ferais si je ne l'étais pas ?

Elle passa ses doigts sur son front. Ses yeux étaient gros et d'un marron foncé intense. Son nez était large et un peu tordu, probablement dû aux années de football. Au coin de son œil gauche se trouvait une petite cicatrice. Le résultat d'une confrontation brute ? Ses oreilles étaient parfaitement formées et les boucles d'oreilles en diamant étaient énormes, comme sa maison. Ils devaient faire deux carats chacun, d'après son estimation. Ils semblaient être les seuls bijoux que Ren portait. Ou les seuls qu'elle pouvait voir puisqu'il était encore bien trop vêtu à son goût.

Elle passa un pouce sur sa lèvre inférieure et il l'attrapa entre ses dents. Son sourire était si lumineux, comparé à l'intense nuance chocolat noir de son teint. Ses pommettes et son menton étaient ciselés et carrés. Somme toute, son visage était large et totalement masculin. Depuis son menton, elle déplaça ses mains le long de sa mâchoire. Elle était puissante et prononcée, comme le reste de son corps d'après son imagination. Elle posa sa paume droite autour de l'avant de sa gorge, sa pomme d'Adam bondissant sous sa paume. Son pouce gauche caressa à nouveau ses lèvres parfaitement formées.

Les paupières de Ren s'étaient baissées durant son exploration, dissimulant à peine l'excitation derrière. Quand elle eut fini, et qu'il leva enfin les yeux vers elle, le désir s'était transformé en une fougue brute. Un léger tic palpita au niveau de sa mâchoire.

— Il y a un dicton qui dit « Plus la baie est noire, plus le jus en est délicieux », murmura-t-elle sans réfléchir en inclinant la tête pour l'observer.

Elle entendit à peine sa réponse. Son souffle humide enveloppa le pouce d'Ève. Finalement, elle commença à retirer sa main, mais il saisit son poignet.

— Je suis désolée. Je n'avais pas réalisé l'avoir dit tout haut. C'était très déplacé.

Son excuse ne fut qu'un chuchotement essoufflé, les mots la rattrapant légèrement. Mais elle s'en fichait que ce soit approprié ou pas. Sous sa paume droite, qui était toujours pressée contre la gorge de Ren, son pouls battait encore plus vite.

— Les paroles de Tupac dans un de ses sons. « Keep Ya Head Up. »

Plus il tenait son poignet droit fermement pour garder le pouce d'Ève contre ses lèvres, plus la main d'Ève se resserrait autour du cou de Ren.

Lourdement musclée et robuste, ce n'était pas une gorge qui pouvait être facilement écrasée. Un sang chaud en parcourait vigoureusement les veines prononcées.

Ren Landis était bâti comme un taureau.

Elle ne doutait pas que sa main puisse broyer son poignet sans effort.

Il était fort et costaud.

Elle voulait le voir nu.

IL souhaitait la voir nue, étendue sur son lit. Des cuisses douces, des hanches incurvées et des seins rebondis. *Bon sang*. Elle était bien foutue.

La main d'Ève sur sa gorge était serrée et entravait un peu sa respiration, mais il aimait cela. Il bandait furieusement, sans pareil.

— T'aimes la brutalité ? lui demanda-t-il.

Elle haussa légèrement les épaules et le bout de ses doigts creusa un peu plus la peau de Ren.

— Je ne sais pas.

Un rire nerveux lui échappa. Elle jouait tellement avec le feu !

Il descendit sa main, attrapa le cul d'Ève et la souleva contre lui, s'assurant bien qu'elle sentait son manche dur.

— Tu ne sais pas ?

Il la retourna, lui faisant lâcher sa prise. Puis, il la plaça à genoux sur le lit, dos à lui.

Elle secoua la tête, ses cheveux balayant son dos. Ils étaient longs et soyeux, et il voulait en agripper une poignée et la plier à sa volonté.

— On va voir à quel point t'aimes la rudesse, grogna-t-il dans son oreille en se penchant.

Elle fit un petit bruit. Puisqu'elle n'avait pas refusé, il fit glisser le haut de sa robe canon par sa tête, révélant ce qu'il savait déjà. Elle n'avait aucun soutien-gorge. Elle avait des seins pulpeux et gonflés, mais ils étaient encore assez fermes pour qu'elle puisse se passer de support. Et il aimait qu'elle soit assez audacieuse pour ne pas en mettre. Il n'y avait rien de mal chez une femme aux seins naturels. C'était ce qu'il aimait.

Il tendit la main pour prendre les deux seins, les presser légèrement, ses pouces frottant les tétons durs.

— Je vais les pincer, les tordre, et plus tard, je vais les mordre. Est-ce que ça te donne envie ?

Encore une fois, il ne fit qu'entendre un petit son, ce qui ressembla, pour lui, à un encouragement. Il embrassa alors ses épaules tout en jouant avec ses tétons, faisant ce qu'il avait annoncé. Il en pinça les bouts durs avant de les rouler entre ses pouces et ses doigts. Il les tordit un peu plus fort, la provoquant jusqu'à ce qu'elle crie. Pas de douleur, mais un bruit de plaisir au ton grave.

Elle en voulait plus. Et cette pensée raffermit encore plus ses boules et fit tressaillir sa queue dans son pantalon.

— Tourne-toi.

Elle fit ce qu'il lui demandait et pivota pour lui faire face, à genoux au bord du lit. Son visage était rougi et ses yeux vitreux. Elle portait un petit sourire affolé.

— Allonge-toi sur le dos.

Elle retira ses jambes de sous son corps et les mit de chaque côté de Ren, debout. Elle s'étendit.

— Les hanches soulevées.

Ren plaça sa main sous elle pour trouver la fermeture au niveau de son bassin et l'ouvrir lentement, libérant le tissu ajusté. Il le remua pour faire passer le bas de la robe par ses hanches et sur ses cuisses. Pas de bas ce soir. C'était dommage quelque part, car ils étaient sexy. Mais la peau sur ses jambes était parfaite et lisse, et oui, il put y découvrir des taches de rousseur. Ses mains glissèrent sur sa peau alors qu'il tirait le bas de sa tenue jusqu'à ses chevilles et ses talons.

Maintenant, elle était nue, excepté sa culotte et ses chaussures. Presque entièrement nue sur son lit. Son cœur lui donnait l'impression de marteler sa poitrine. Il inspira profondément et lentement pour tenter de se calmer.

Il débattit intérieurement pour savoir s'il la déshabillait complètement, ou s'il laissait ces chaussures et cette culotte un peu plus longtemps.

Ses doigts tripotèrent chaque bouton de sa chemise dans sa hâte de l'enlever, et il la jeta enfin sur le côté. Il détacha sa ceinture en cuir, et avec un petit mouvement, il l'arracha des boucles de son pantalon, l'envoyant dans la même direction que sa chemise.

Il balança ses chaussures et ses chaussettes tout en dégrafant son pantalon, le descendant et l'écartant.

Aussi pressé qu'il fût de se dévêtir, il s'arrêta quand il remarqua qu'Ève l'observait. Il baissa les yeux et vit à quel point il était dur dans son caleçon moulant.

— Enlève-moi ça.

Elle lui obéit, accrochant ses doigts dans l'élastique de la taille. Et doucement, très lentement, elle le fit glisser sur ses larges cuisses. Ses yeux ne quittèrent à aucun moment sa bite.

— Suce-moi, ordonna-t-il en se débarrassant du boxer.

Il se tenait toujours entre ses jambes et elle se décala plus près de lui. Les doigts d'Ève s'enveloppèrent à la racine de sa verge.

Et ils pressèrent. *Bon sang !*

Une goutte laiteuse de précum s'échappa.

Elle baissa la tête et la lécha.

Putaiiiin !

Ses lèvres capturèrent son bout et en caressèrent la couronne avant de lentement l'accueillir dans sa bouche chaude et humide. La sensation était incroyablement bandante.

Elle fit un bruit quand elle atteignit sa limite, quand elle ne parvint plus à le loger davantage. Mais elle le maintint à cette profondeur pendant une seconde, deux, trois, avant de relever suffisamment la tête pour reprendre son souffle. Puis, elle le ravala une nouvelle fois.

Putain de merde. Il allait perdre les pédales !

Il lutta contre l'envie de s'enfoncer au fond, de baiser sa bouche complètement. Mais il voulait le faire. Oh, il le désirait tant. Il enfouit ses doigts dans ses cheveux, les agrippant à pleines mains. Les petits bruits qu'elle fit en le suçant le firent presque passer par-dessus bord.

Elle resserra son poing à la base de sa bite, fonçant le violet de son organe. Sa bouche était un réceptacle humide pour sa longueur, sa langue lapant le bout à chaque mouvement de sa tête.

— Arrête ! cria Ren en grimaçant intérieurement.

C'était sorti bien plus fort qu'il l'avait voulu. Mais si elle ne cessait pas, il remplirait sa bouche de sa semence. Il n'était pas fait d'acier.

La première fois qu'il jouissait avec elle, il souhaitait être au fond d'elle.

Il recula et se décala vers la tête du lit, glissant un oreiller derrière lui alors qu'il s'appuyait contre la tête de lit en métal et s'installait.

— Pas de culotte, pas de chaussures. Puis, viens à moi.

Sa bite était si dure. Il allait devoir garder son sang-froid pour ne pas tirer sa décharge en trente secondes.

Ren observa Ève se lever sur ses talons, ses jambes paraissant plus longues qu'elles ne l'étaient vraiment. Elle enleva lentement sa culotte.

Son corps était sacrément splendide. Elle avait laissé juste une bande de poils au-dessus de sa chatte et il voulut y enfouir son visage. Mais il ne pouvait pas endurer beaucoup à ce stade. Encore une fois, ce devrait attendre la prochaine fois. Il avait hâte de lui donner du plaisir. Il pouvait l'imaginer rouler, haleter et gémir alors qu'il violait son sexe avec sa bouche.

Il ferma les yeux, essayant de sortir cette image de sa tête. Cela n'aidait pas.

Quand il les rouvrit, elle était pieds nus à côté du lit, grimpant sur le matelas.

Il tendit la main pour l'aider à garder l'équilibre et elle lui monta dessus, l'enfourchant.

— Ton corps est magnifique, lui dit-elle.

Il travaillait dur pour rester en forme et apprécia donc le compliment.

— Le tien aussi. Je me disais justement que la prochaine fois, je voudrais te bouffer jusqu'à ce que tu jouisses sur ma bouche.

Elle remua légèrement sur lui, visualisant probablement la même image que lui.

Sa chatte était chaude et trempée contre sa chair. En se décalant un peu, il pourrait placer sa bite au niveau de son ouverture.

Proposition osée

Elle se pencha et ils se retrouvèrent à mi-chemin pour s'embrasser. Ils sucèrent la langue et les lèvres de l'autre, et se mordillèrent la bouche. Les seins d'Ève se pressaient contre son torse, les bouts durs appuyant contre sa peau.

Elle se leva assez pour installer sa fente humide sur sa longueur. Puis, elle se frotta dessus alors qu'il l'embrassait.

Il agrippa ses hanches, la maintenant immobile.

— Attends, dit-il en s'écartant suffisamment pour parler.

Ses longs bras lui permirent d'atteindre le tiroir de la table de nuit et de sortir une bande de préservatifs. Ils ne l'appelaient pas Landis « Bras Long » pour rien !

— On en aura besoin d'autant ? s'exclama-t-elle, les yeux écarquillés.

— J'espère bien, répondit-il en grognant.

Oh, il espérait bien.

Il en ouvrit brusquement un, passant la main sous le corps d'Ève pour envelopper sa bite bien trop prête.

S'il vous plaît, que je ne me ridiculise pas en disjonctant après quelques secondes !

Ses couilles étaient si tendues et sa verge si dure qu'il cria de soulagement quand elle le guida en elle. Elle l'installa au fond et il put sentir les parois pulser autour de son membre. Les muscles d'Ève frissonnaient autour de sa longueur.

Cela faisait tant de bien et elle n'avait même pas encore bougé !

— Je vais te baiser tellement bien, dit-elle en plaçant sa bouche contre son oreille et passant ses bras autour de son cou.

— Chevauche-moi, fut le seul truc qu'il put lâcher.

Et elle le fit.

En levant ses hanches, elle s'actionna sur sa longueur. La chaleur et l'étroitesse de sa chatte le forcèrent à fermer les yeux et souffler.

Ses mains agrippèrent son joli cul rond alors qu'elle poursuivait ses mouvements. Puis, elle décala ses hanches et il toucha *le* point. Les hanches de Ren bougèrent en rythme avec celles d'Ève, s'assurant qu'il stimulait son point G en continu. Ses jus l'éclaboussaient, le trempaient et coulaient sur ses cuisses. Elle était incroyable. Il n'avait jamais été avec une femme qui pouvait mouiller autant, lui donner tout ce qu'elle avait.

— Je viens ! hurla-t-elle en renversant sa tête en arrière et arquant son dos.

Il mordit le haut de son sein, puis aspira son téton dans sa bouche. Les pulsations autour de sa bite le durcirent encore plus. Il essaya d'étouffer ses cris, de se concentrer pour garder son calme. Il ne voulait pas perdre la tête. Il souhaitait que ce plaisir continue. Et continue.

Le corps d'Ève se relâcha après son orgasme et elle laissa tomber son front contre celui de Ren.

— Waouh.

— T'en veux un autre ?

— Oui.

Il la fit rapidement basculer sur le dos, sa tête au bout du lit. Il attrapa un oreiller et le glissa sous ses hanches. Il s'installa ensuite entre ses jambes.

— Tu veux que je te baise encore ?

— Oui, s'il te plaît.

Il maintint la tête de sa bite juste au niveau de son ouverture, la frottant contre les plis gonflés.

— Est-ce que tu désires que je te baise violemment ?

— S'il te plaît.

— C'est mon intention, de te satisfaire.

Elle tendit la main vers lui, les passant sur son buste. Ses doigts jouèrent avec ses tétons, ce qui le fit frissonner.

— Je veux te baiser violemment. Je veux te bouffer. Je

veux pénétrer ce délicieux cul que tu as. Mais tout de suite, je vais te refaire jouir. Encore et encore, jusqu'à ce que tu me supplies d'arrêter.

Il prit son temps pour s'enfoncer en elle jusqu'à être complètement logé. Elle l'accueillit entièrement. Chaque centimètre. Elle lui allait comme un gant, comme si sa chatte avait été faite pour lui. Seulement pour lui.

Il se tortilla un peu avec ses hanches et elle cria.

Avec l'oreiller sous ses hanches, elle était à un angle parfait pour qu'il heurte tous les points qu'il devait atteindre à chaque poussée, son clitoris et son point G. Ils étaient à lui ce soir.

Il se retira lentement d'elle et elle fit un petit bruit qui ressembla à une plainte. Encore une fois, il se cala au fond, puis se dégagea encore complètement. Les mouvements lents la frustrèrent. Elle enfonça ses ongles dans le cul de Ren, essayant de l'encourager à la baiser plus vite, plus fort, plus loin.

Il ne pensait pas qu'elle pouvait mouiller plus, mais c'était le cas. Quand il fut incapable d'endurer plus longtemps les coups lents, il sortit une fois de plus.

Il baissa la tête et prit un téton dans sa bouche. Il attrapa avec soin le bout entre ses dents, la pression suffisante pour l'amener près du bord du plaisir douloureux.

— Baise-moi... Baise-moi fort, râla-t-elle.

Avec une propulsion de ses hanches, il s'enfonça violemment au fond d'elle. Heurtant la limite de ses parois. Encore et encore, jusqu'à ce que son corps se resserre autour de sa bite. Une nouvelle fois, il put sentir les vagues d'un autre orgasme rouler sur sa longueur. Il lutta pour ne pas jouir avec elle. Une fois qu'elle reprit son souffle, il la baisa implacablement. Ne lui montrant aucune pitié, non pas qu'elle l'eut demandé. Elle vint à maintes reprises, comme il l'avait promis, jusqu'à ce qu'il dût finalement abandonner le combat. Quand il sentit le corps d'Ève se tendre une nouvelle fois, il se laissa aller. Il cria avec elle.

Puis, ils furent immobiles, leurs corps luisants de sueur, leurs pouls battant la chamade, leurs respirations précipitées.

Mais tout allait bien. Il laissa tomber sa tête sur l'épaule d'Ève et tenta de calmer sa respiration.

— Désolé, je vais bouger dès que je peux.

— Ça va, dit-elle en enveloppant ses bras autour de sa taille.

— Pas vraiment parce que je dois m'effondrer et je vais t'écraser.

Il essaya de rire, mais le son parut rauque et essoufflé. En plus, il ne voulait pas qu'elle voie ses bras trembler.

Avec un grognement, il tomba à côté d'elle sur le lit. Il la prit dans ses bras, la coinçant contre son flanc. Il posa alors un baiser sur son front.

La main d'Ève caressa son torse imberbe. Il le gardait ainsi pour montrer les résultats de ses rudes efforts. Le doigt de celle-ci passa sur le tatouage des Boston Bulldogs sur son biceps droit. Il attendit qu'elle dise que Cole avait le même tatouage. Mais elle n'en fit rien. Elle était assez intelligente pour ne pas évoquer l'homme avec lequel elle avait récemment couché, qui se trouvait être son meilleur ami, alors qu'elle était toujours nue dans son lit.

Avec un grognement, il la libéra pour se débarrasser du préservatif. Dans la salle de bain, il se regarda dans la glace. Qu'allait-il faire maintenant ? Le sexe avait été incroyable. Souhaiterait-elle le revoir ? Il voulait assurément la revoir. La baiser à nouveau. Prévoir peut-être un vrai rencard, l'emmener dans un bon restaurant ou rouler sur la côte, ou... Qu'importe. Quelque chose. N'importe quoi. Il désirait passer plus de temps avec elle, apprendre à mieux la connaître. Mais est-ce que Cole voulait la même chose ? Étaient-ils réellement en compétition pour elle ? C'était complètement dingue. Il n'avait jamais eu besoin d'être en concurrence pour une femme, surtout son meilleur ami. Si une femme ne voulait pas de lui, aucun problème. Elle pouvait partir, il ne l'arrêterait pas. Il y avait trop de femmes pour se battre pour l'une d'entre elles.

Il ne le ferait pas. Hors de question. Il mit ses deux mains sur le miroir et jeta un dernier bon coup d'œil à son reflet avant de laisser tomber sa tête et lâcher un soupir.

Merde.

Chapitre Huit

Pendant les quelques semaines qui suivirent, elle continua de voir Ren et Cole. Ils eurent de vrais rencards, allèrent aussi bien à des réceptions. Mais c'était toujours séparément. Elle adorait le temps qu'elle passait avec chacun d'eux. Bien qu'ils fussent meilleurs amis et anciens coéquipiers, ils étaient tout de même différents. Cole était lumineux et drôle, et ne prenait pas la vie au sérieux. Ren était tout aussi marrant, mais avait tendance à être plus sombre, et même parfois, pouvait devenir très sérieux. Et il aimait assurément être au contrôle, avec une personnalité beaucoup plus dominante que Cole. Elle adorait les différences et les similarités des deux.

Mais l'accablante ampleur de ce qu'elle essayait d'accomplir avec les deux gars, qu'elle commençait à considérer *à elle*, lui faisait peur. Elle envisageait d'abandonner son plan, mais elle était allée trop loin maintenant pour renoncer. Toutefois, ce qui était en jeu si elle échouait la dévorait.

Déjà, elle pouvait détruire leur amitié. Et cela la tuerait. Elle ne voulait pas être responsable de cela.

Deuxièmement, elle pouvait les éloigner. Et elle ne souhaitait absolument pas le faire. Si c'était le cas, aucun d'eux ne désirerait la revoir. Jamais.

Mais il n'y avait pas de récompense sans risque, n'est-ce pas ? C'était un truc que son mari lui avait toujours dit quand il partait pour un autre séjour dans la jungle pour apporter des soins aux nécessiteux.

Le sexe était bien avec les deux. Non, pas juste bien, c'était hallucinant. Mais les fréquenter séparément n'était pas ce qu'elle avait escompté. Elle désirait les deux hommes. En même temps. Elle voulait un trouple. Pas simplement un triangle amoureux embarrassant.

Elle devait découvrir un moyen de l'initier.

Alors qu'elle tapotait sa joue avec son doigt, elle trouva soudain ce qu'elle devait faire ensuite...

Elle prit son téléphone et envoya un message aux deux, mais individuellement pour qu'ils ne puissent pas voir qu'elle les avait contactés tous les deux.

Je vais dans la maison d'une amie pour un week-end prolongé. Envie de me rejoindre ? Ça en vaudra le coup. Envoie-moi juste un oui et je te renverrai les détails.

Alors qu'elle appuyait sur envoyer, un frisson la parcourut. Elle ignorait si c'était à cause de sa nervosité ou de son excitation, ou des deux.

Elle espérait que cela fonctionnerait...

Ève fit les cent pas et vérifia l'heure sur son portable. *Encore une fois.* Elle regardait pour voir si elle n'avait pas raté d'appel ou de message. Elle se maudit. Bien sûr que non. Le téléphone n'avait pas quitté sa main depuis qu'elle était arrivée à la maison en bord de plage.

Proposition osée

Le temps était parfait, une brise agréable provenant de la mer. Pas assez frais pour un pull, mais pas assez chaud pour allumer les ventilateurs.

Elle ouvrit la plupart des fenêtres pour aérer l'intérieur. Cela faisait un moment qu'il n'y avait eu personne, et l'endroit avait été un peu étouffant quand elle était arrivée. Il y avait une ligne de portes en verre sur le côté de la maison, faisant face à l'eau. Elle en ouvrit la majorité, faisant rentrer l'air extérieur.

Elle devait libérer une partie de l'énergie nerveuse qui bouillonnait en elle. Elle sortit sur la terrasse et s'appuya contre la rambarde pour contempler les vagues s'écraser sur le rivage. Son ventre lui donnait aussi l'impression de passer un mauvais quart d'heure.

Sa main était si serrée autour de son portable qu'elle força ses doigts contractés à se détendre. En le faisant, elle regarda avec horreur son combiné tomber d'un étage dans le sable.

— Merde !

— Ce n'est pas vraiment la réaction que j'attendais à mon arrivée. J'étais invité, tu te souviens ?

Ren rit, la prit dans ses bras pour la tenir près de lui et l'embrasser pour lui dire bonjour. Ses lèvres étaient chaudes et attrayantes. Elle se laissa aller à son baiser et dans ses bras, mais il n'eut pas vraiment d'effet apaisant sur elle. Elle passa ses mains sur son large torse, et il pressa son cul vêtu de son short avant de la relâcher. Presque à contrecœur.

— J'ai fait tomber mon téléphone dans le sable.

— Je peux aller te le chercher, dit-il en se penchant par-dessus la rampe de la terrasse. Mince. C'était une belle chute. Mais je le vois.

Il l'enlaça une nouvelle fois et lui donna un rapide baiser sur l'épaule avant qu'elle lui pointe le chemin du doigt vers les marches menant à la plage.

Alors qu'il s'éloignait, elle scruta non seulement son cul ferme, mais les épais muscles de ses cuisses faisant pression sur le tissu de son bermuda. Des mocassins et une légère chemise ample terminaient son look. Cela lui allait parfaitement bien. Elle le regarda disparaître dans les escaliers et lâcha un long soupir.

Du coin de l'œil, un mouvement attira son attention. Elle pivota pour voir Cole venir vers la maison, vers elle. Elle n'aurait peut-être pas dû laisser la porte d'entrée déverrouillée. Elle n'était pas vraiment prête à l'accueillir. Elle ignorait qui arriverait en premier, mais elle avait espéré dire quelque chose au premier venu pour que la venue du deuxième ne soit pas une surprise totale.

Trop tard maintenant.

Elle fonça dans la maison pendant que Ren récupérait encore son portable.

— Waouh, cet endroit est super ! Quelle vue ! Et juste sur la plage. Ton amie doit rouler sur l'or pour posséder cette bâtisse.

— Ouais, j'adore cette maison, dit-elle en attrapant son bras pour essayer de le retenir alors qu'il avançait vers la terrasse. Mais Cole, attends une minute. Je dois te dire quelque chose...

— Quel est le problème, bébé ? Ça va être un super weekend. Je l'ai attendu toute la semaine. La plage et cet endroit rien que pour nous. Toi que pour moi. Je n'ai besoin de rien de plus.

— C'est quoi ce bordel ?

Ève se raidit au ton de la voix. *Oh, et c'est parti.*

Cole et Ève se tournèrent au même moment pour voir Ren approcher d'un pas déterminé, un air sombre sur le visage.

— Qu'est-ce que tu fous là, bordel ? demanda-t-il à Cole.

Puis, il pivota vers Ève avant que son ami puisse répondre.

— Qu'est-ce qu'il fout là, bordel ?

Cole tendit les mains devant lui, comme s'il était prêt à repousser Ren s'il s'en prenait à lui.

— Mec, j'ai été invité.

Ren tourna lentement la tête et cloua Ève du regard.

— J'ai aussi été invité, dit-il doucement et calmement.

Ève se tortilla sous ses yeux, les flammes se précipitant dans ses joues. Elle ne s'était pas vraiment représenté cette situation. Elle s'en voulut de ne pas avoir mieux organisé la rencontre. Ils savaient qu'elle les voyait tous les deux. En réalité, il n'y avait aucune bonne façon d'aborder ce qu'elle allait proposer. C'était préférable d'enlever le pansement d'un coup. Cela piquera pendant un moment, et puis...

Elle marcha vers la cheminée vide et croisa les bras sur sa poitrine. Quand elle l'atteint, mettant une bonne distance entre eux, elle pivota pour leur faire face.

— Désolée. Oui, je vous ai invité tous les deux.

Ils commencèrent tous les deux à dire quelque chose, mais Ève leva ses mains tremblantes pour les stopper.

— S'il vous plaît... S'il vous plaît, laissez-moi finir.

Aucun d'eux n'avait bougé, ils la fixaient simplement. L'expression de Cole était impassible, alors que Ren semblait un peu irrité. Enfin, probablement plus qu'un peu.

— Vous devriez peut-être vous asseoir ?

Cole alla s'installer sur le canapé. Bien sûr que ce serait lui l'aimable. Ren resta là, secouant la tête, les poings serrés. Elle avait anticipé qu'il serait plus difficile, puisqu'il était plus... Hétérosexuel. Un alpha. Têtu.

Elle se percha sur le bord de la chaise rembourrée, comme un oiseau prêt à s'envoler au premier signe d'un prédateur.

— J'aime les hommes.

Eh bien, c'était un début bidon. Elle se secoua mentalement et recommença.

— J'ai adoré passer du temps avec chacun de vous. Vous avez tous les deux quelque chose de différent à offrir. Et j'aime beaucoup cet aspect.

Ren lui donna l'impression de vouloir dire quelque chose, alors elle se dépêcha de continuer. *Arrache juste le putain de pansement ! Tu fais n'importe quoi.*

— J'adore la monogamie. Quand il s'agissait de mon mariage, j'aimais que mon mari m'appartienne et que je lui appartienne, déclara-t-elle en levant sa main pour stopper à nouveau Ren. Toutefois...

Elle grimaça. Encore une fois, elle donnait l'impression d'être une godiche.

— Je ne sais pas comment l'expliquer. Vous pouvez aimer quelqu'un profondément, mais quand même en désirer... Plus ?

Oh, Seigneur. Les pieds dans le plat. Elle aurait peut-être dû écrire un discours sur une antisèche.

Elle ne voulait pas qu'ils pensent être chacun insuffisant sur certains aspects. Ce n'était pas du tout son intention.

Était-elle égoïste en les désirant tous les deux et espérant qu'ils acceptent ? Sûrement. Mais ils pouvaient dire non.

Cole se mit un peu plus droit.

— Alors, tu souhaites continuer à nous voir tous les deux, dit-il.

— Tu me largues... sortit en même temps Ren. Nous largues.

Finalement, Ren fit le tour du canapé pour s'asseoir à côté de Cole. Il passa une main dans ses cheveux courts, puis croisa les bras sur son torse, son expression fermée.

— Oui, répondit-elle à Cole.

Proposition osée

En quelque sorte. *Oh, bon sang.*

— Non, pas du tout, dit-elle à Ren.

Les gars se regardèrent, de la confusion sur leurs deux visages.

— Mais tu le fais déjà, soupira Ren. Je n'en suis pas ravi, mais je me suis dit que tu finirais par te décider. Je suppose...

Il fronça les sourcils.

— Est-ce que tu veux établir un emploi du temps ? lui demanda Cole.

— Non, pas vraiment.

Ren secoua la tête, la lumière se réfléchissant sur ses boucles d'oreille. Il fronça les sourcils.

— Crache le morceau.

— Voyez ça comme un puzzle. Sortis de l'emballage, on est des pièces aléatoires, mais ensemble... Ensemble, ces pièces forment un tout. Chaque morceau est unique, mais ils s'emboîtent. Ils ont quand même besoin des autres pour constituer une image.

La chaleur grimpa jusqu'à ses joues. Elle plaça ses paumes dessus, mais elle ne trouva aucun soulagement. Elles étaient aussi chaudes que ses joues, peut-être même plus. Et pire, elles étaient moites.

— Je vous désire tous les deux.

— On a compris cette partie.

— Tous les *deux*... répéta-t-elle en accentuant le mot et levant ses sourcils.

Elle se rappela pourquoi elle ne pourrait jamais être docteur comme son défunt mari. Elle ne pouvait même pas arracher proprement le pansement.

Les narines de Ren se dilatèrent alors qu'il finissait sa pensée.

— En même temps, chuchota-t-il d'une voix rude.

Le silence. Son cœur martela ses tempes. *Boum, boum, boum.*

Le silence autour d'elle s'intensifia alors qu'elle les observait tous les deux avec attention, ne croisant pas vraiment leurs regards.

— Ce qu'ils ont.

— Ils.

C'était une déclaration qui s'échappa des lèvres de Ren, pas une question.

— Ils ? répéta Cole, perdu.

Ren se rassit et s'étouffa presque avec ce qui ressembla à un rire. Ressembla.

— Quinn, Ty et Logan.

Les yeux de Cole s'écarquillèrent. Pas de beaucoup, mais suffisamment pour qu'Ève le remarque. Il fit une moue en gigotant et ses larges épaules frôlèrent celles de Ren.

Une seconde inconfortable d'agitation s'ensuivit jusqu'à ce qu'un fossé se forme entre eux. Se toucher n'était peut-être pas commode pour eux en cet instant, au milieu de *cette* situation. Du moins, pas pour Ren. Il laissa tomber sa tête dans ses mains et elle ne parvint pas à voir son expression. Était-il en colère ? Choqué ?

Personne ne souhaita rompre le silence, comme si le premier qui le faisait devait exposer la réalité de la proposition. De ce qu'avait suggéré Ève. Même elle ignorait si elle était capable de le faire sans foutre le bordel. Ce n'était pas le moment idéal, c'était certain.

Mais elle savait ce qu'elle désirait. Et ce qu'elle voulait, c'était les deux hommes assis en face d'elle. Cela avait été son intention depuis le début. Pourtant, la réalité était maintenant devant elle.

Elle n'avait jamais été si audacieuse de sa vie. Cela la

surprit même un peu. Mais la perspective de leur rejet l'effrayait.

Dans le passé, elle n'avait jamais engagé la conversation avec le sexe opposé et n'avait jamais été autant ouverte sur ses désirs. Elle avait toujours cru qu'un homme l'approcherait si elle l'intéressait. C'était ce que les hommes faisaient. N'est-ce pas ?

Peut-être. Peut-être pas. Mais, au fond d'elle, elle avait cette folle envie qu'elle ne pouvait ignorer.

La mort de son mari lui prouvait qu'on n'avait qu'une vie. C'était un cliché, elle le savait, mais c'était vrai. Pourquoi perdre du temps à nier ce qu'elle voulait ? Ce qu'elle désirait réellement.

Même si c'était uniquement pour un court laps de temps.

Elle haussa mentalement les épaules. Comme elle n'arrêtait pas de se le dire, ils pouvaient toujours dire non...

Cela pouvait être parce qu'ils n'étaient pas aussi à l'aise avec l'autre qu'elle l'avait d'abord pensé. Elle croyait qu'il y avait peut-être une connexion... Au-delà du football... Au-delà de l'amitié. Elle interprétait peut-être tout mal. C'était peut-être juste une camaraderie virile. Un truc entre coéquipiers.

Elle éclaircit sa gorge. Mais avant qu'elle puisse parler, Ren se leva, mettant de la distance avec Cole et elle.

Cole étendit ses jambes devant lui et se détendit dans le canapé, ressemblant à un chat qui avait attrapé un canari. Il arborait un grand sourire.

— Tout le monde sait que j'ai fréquenté des hommes.

Cole n'avait jamais essayé de le cacher à ses coéquipiers, ses fans ou la presse. S'il était ouvert sur le sujet, cela éliminait toute spéculation. Si vous livriez les ragots au public, alors ce n'était plus vraiment excitant. Ce n'était pas secret. Tout le monde ne pouvait pas être aussi ouvert, pensait Ève, mais c'était typique de Cole d'être comme ça. Aucun secret. Aucun mensonge.

Me voilà, que vous m'aimiez ou pas.

Mais à moins que Ren cache quelque chose, il n'avait jamais admis être autre chose qu'un homme qui aimait les femmes. Il les appréciait et les femmes l'appréciaient. Au moins depuis un petit moment en tout cas, comme le disait la rumeur.

— Moi aussi.

Les mots étaient à voix basse et presque inaudibles puisque Ren leur tournait le dos. Ses bras étaient croisés, et même de dos il paraissait crispé. Ses épaules étaient raides et relevées. Oui, peut-être un peu tendu.

Ève et Cole se regardèrent. Cole était aussi surpris qu'elle.

— J'étais tout simplement curieux. J'étais jeune.

— C'est ce qu'ils disent tous, plaisanta Cole.

Ren se plaça derrière lui et le canapé et le frappa gentiment sur la tête. Cole l'évita et frotta son oreille en rigolant.

— Est-ce que t'as aimé ? lui demanda Cole.

Ren fronça les sourcils et s'assit sur une chaise en face d'Ève, mais loin de Cole.

— Alors, juste pour clarifier les choses... commença-t-il avec un regard perçant vers Ève. Tu veux un plan à trois.

— Bien sûr que oui.

— Laisse-la répondre, dit Ren en jetant un regard noir à Cole.

— Oui, répondit Ève en domptant son expression.

Elle paraissait plus sereine que l'agitation qui bouillonnait en elle. Imaginez-vous cela...

— Du genre régulier. Ou juste une fois parce que c'est dans tes objectifs de vie ou un truc du style ?

— Eh bien, lâcha-t-elle doucement, avec une voix apaisante qu'elle utiliserait pour calmer un chat féroce.

Un bruit et le chat s'enfuirait, apeuré.

— Je vous laisse décider. Je ne l'ai jamais fait. Vous devez aussi être à l'aise avec l'idée.

— Et si je dis non ? Est-ce que tu chercheras quelqu'un d'autre ?

Ève eut le ventre retourné. Y réfléchissait-il réellement ?

— Ren, j'adorerais que ce soit toi. On a une alchimie entre nous. Du moins, c'est ce que je pensais. On a passé du bon temps ensemble ces dernières semaines. Et le sexe...

— A été incroyable, finit-il. Je sais. Je sais.

Il râla.

— Mais je ne suis pas tenté par la possibilité de...

Ren croisa ses deux index.

— Par la chance de croiser le fer.

— Tu n'es pas sûr de ta virilité ? lui demanda Cole.

Cole faisait de son mieux pour provoquer Ren. Ève leva les yeux au ciel pour bien faire comprendre à Cole qu'il n'aidait pas.

— Tu sais que si, pouffa Ren. J'ai déjà admis avoir eu des relations avec un homme avant, bon sang.

— Juste une fois ?

À nouveau, la réponse de Ren à Cole fut uniquement un froncement de sourcils.

— Alors, vous êtes tous les deux d'accord avec cette proposition ? demanda-t-elle timidement en scrutant Ren.

Elle retint son souffle.

— Je suis partant, lâcha Cole dont le sourire fut éblouissant. J'adore un bon plan à trois !

Ren gigota sur sa chaise. Ève expira et le cloua d'un regard. Elle fit une moue et se pencha.

— Tu ne sembles pas à l'aise avec l'idée.

Il tira sur sa boucle d'oreille.

— Je suis un peu curieux, déclara-t-il après un long moment.

— Curieux, répéta Cole avec un sourire de triomphe collé sur son visage. Eh bien, je *suis* une machine de sexe bandante. C'est dur de me résister.

— T'es dingue, Dix, rétorqua Ren dont les sourcils se froncèrent. Alors, réponds-moi. Pourquoi j'accepterais de faire ça ?

Ève se réinstalla sur sa chaise pour les observer tous les deux. Non seulement Cole semblait partant, mais il l'était suffisamment pour encourager Ren d'essayer. Il faisait tout le dur labeur pour elle, et elle n'allait pas l'interrompre.

Cole ressemblait à un petit garçon qui se tortillait d'excitation avant d'avoir la permission d'ouvrir les cadeaux le matin de Noël.

— Bébé, tu ne sais pas ce que tu rates.

Ren ferma les yeux et prit une profonde inspiration.

— Alors, je sais que tu n'oublies jamais de porter ton casque, mais tu dois avoir un pète au casque. Surtout en m'appelant bébé. Juste parce que j'ai été curieux à la fac, ça ne veut pas dire que je suis gay.

— Je ne suis pas gay non plus, protesta Cole en balançant ses bras.

Ren soupira, visiblement exaspéré.

— OK, *bi*. Presque pareil, mec. Bon sang !

— Je suis ouvert d'esprit, rectifia Cole.

— Ouvert d'esprit, pouffa Ren. Bien sûr.

Il grimaça.

— C'est une chose d'être ouvert d'esprit, c'en est une autre d'être prêt à ouvrir d'autres *zones*.

— Une personne doit m'exciter. Je m'en fous que ce soit il

ou elle, blanc, noir, marron ou jaune. Si cette personne me fait frétiller, je suis ouvert.

— Du moment qu'ils sont aussi ouverts ? demanda Ren en levant ses sourcils noirs.

— Bien sûr, fréro. Ils doivent être consentants. Qui de sain d'esprit ne voudrait pas être avec quelqu'un de consentant ?

— Et je t'excite ? l'interrogea Ren, son ton un peu plus aigu qu'à la normale.

Cela aurait pu être une question piège. Mais Cole étant Cole lâcha simplement la réponse.

— Tu m'as toujours excité. Tu ne m'avais jamais surpris à te scruter dans les vestiaires ? N'as jamais senti mes mains s'attarder un peu plus longtemps que nécessaire ?

— Putain ! s'exclama Ren en tapotant un doigt sur son front, comme si un souvenir avait surgi dans sa tête. Tu me touchais. Tu claquais souvent mon cul et me le pressais.

— Je suppose que ce n'est pas passé inaperçu, répondit Cole en souriant d'un air triomphant.

— Ouais, tu m'as touché plein de fois. J'ai remarqué. Mais je pensais que c'était juste toi. Ta manière d'être. Ça ne m'a jamais dérangé. J'ai toujours su que t'étais bisexuel. Ça ne me dérangeait pas non plus. Autrement, on ne serait pas amis depuis si longtemps.

— J'étais ton bras droit sur le terrain.

Les yeux de Ren s'adoucirent, comme s'il se repassait certains souvenirs dans sa tête. Il se détendit un peu plus sur sa chaise.

— Tu m'as aidé à être un quarterback de renommée mondiale. On a toujours bien travaillé ensemble.

— Et l'on pourrait le faire aussi maintenant. Je sais que t'as déjà fait des plans à trois, Renny. Tu m'en as parlé.

Cole faisait son plaidoyer, comme s'il avait enfin la

carotte suspendue devant lui et qu'il serait déçu que Ren dise non.

— C'était avec deux femmes !

Il jeta un coup d'œil vers Ève, et elle dompta son expression pour rester impassible. Évidemment qu'il avait déjà fait des plans à trois. Cela ne la dérangeait pas. Comme elle était sûre que Cole en avait déjà fait. Si quelqu'un sondait la pièce pour savoir qui n'avait *pas* fait de plan à trois, elle serait la seule à lever la main. Ce soir, elle allait voir les choses en grand ou rentrer chez elle.

— Ce n'est pas si différent avec deux mecs. On pourrait garder Ève entre nous. Ce n'est pas comme si j'allais déraper accidentellement en toi. Du genre « Oups, désolé, mauvais trou ».

— Tu ne facilites pas les choses, répondit Ren en retenant un sourire.

— Ce n'est pas compliqué, Renny. Vraiment pas. Tu te prends la tête. Qu'est-ce que t'en penses... On essaie. Tu peux baiser Ève et je regarde simplement. Ou je peux juste un peu jouer avec Ève pendant que tu la baises. Je ne te toucherai pas délibérément, à moins que tu me donnes ton accord. Garde l'esprit ouvert. C'est tout ce que je demande.

— Attends. T'étais dans la manigance depuis le départ ? Est-ce qu'Ève et toi avez préparé ça depuis le début ?

Ève intervint enfin.

— Non, ce n'était que moi. Comme je l'ai dit, j'envie ce qu'a Quinn avec ses amants. J'adorerais avoir la même chose avec vous deux. Cole n'en savait rien.

— Renny, si elle m'en avait parlé, je serais quand même venu aujourd'hui.

Si Ève avait su que Cole serait aussi emballé par l'idée, elle lui aurait avoué son plan il y a des semaines.

— Écoutez, on a cette maison pour le week-end. Ou plus, si l'on veut. Profitons-en simplement. Aucune pression.

— Profitons simplement les uns des autres, ajouta Cole en hochant la tête.

Apprécier mutuellement la compagnie, le corps, le plaisir des autres... Cela convenait à Ève. Et manifestement à Cole. Et après le week-end ? Voir où cela menait, si ça allait quelque part. Mais ça n'avancerait pas si Ren n'était pas prêt à explorer leur connexion.

Le bon truc à faire à ce stade, c'était de donner de l'espace à Ren. Le laisser réfléchir.

— J'ai des trucs dans le frigo pour préparer le dîner. J'ai des bières et du vin au frais. On peut se détendre un moment, suggéra-t-elle. Laissons Ren digérer ma...

Proposition ? Suggestion ?

—... Mon idée.

— Eh bien, moi, je vote pour un week-end de débauche totale !

Ève rit, mais observa Ren. Son expression était pensive. Il réfléchissait peut-être à tout ce qui avait été dit ?

Oh, bon sang ! Elle espérait bien. Un frisson la traversa et elle lui sourit.

Chapitre Neuf

Cole s'assit sur le transat, les jambes tendues, écoutant les vagues s'écraser près d'eux dans l'obscurité. Ils avaient éteint les lumières de la maison pour voir les étoiles. C'était une soirée dégagée, la brise un peu fraîche.

Pendant et après le dîner, personne n'avait évoqué le plan à trois. Mais Cole n'arrêtait pas d'y penser. Il était certain que tout le monde y réfléchissait parce que personne ne parlait. À la place, ils buvaient leur deuxième bouteille de vin rouge demi-sec. Ren en buvait un peu plus que Cole ou Ève, mais il essayait sûrement de calmer ses nerfs.

— J'ai un plan, lâcha Cole, ce qui rompit le silence.

Les deux têtes se tournèrent à l'unisson dans sa direction, presque comme s'il brisait la loi du silence.

— Ou plutôt une suggestion... Si vous êtes tous les deux partants.

Il scruta l'obscurité, ignorant leurs regards insistants.

— Ou peut-être que c'est une envie.

— Putain Dix ! Dis-le juste.

La frustration dans la voix de Ren le poussa à pivoter la tête vers lui.

— OK, je veux baiser Ève pendant que tu nous observes.

La testostérone dans l'air monta d'un cran.

— Pourquoi je ne peux pas baiser Ève pendant que *tu* regardes ?

— Écoute-moi. Tu nous observes, et quand... *Si* tu souhaites nous rejoindre, tu le fais lorsque tu es à l'aise.

Le silence s'étira jusqu'à ce que Cole pivote vers Ève.

— Est-ce que ça te va ?

— Bien sûr, si Ren est partant.

Elle prit une gorgée de vin, ou plutôt une lampée. Apparemment, Ren n'était pas le seul à cran.

Celui-ci attrapa la bouteille de vin, posée entre les pieds d'Ève. Il vida le reste dans son verre et l'engloutit.

— Pourquoi tu ne bois pas directement à la bouteille ? l'interrogea Cole en fronçant les sourcils.

Ren lui lança un regard, puis essuya sa bouche avec le dos de sa main. Cole l'observa passer les portes vitrées de la cuisine, sortir une nouvelle bouteille de la cave à vin, la déboucher et boire au goulot.

Malheureusement, Ren avait pris sa plaisanterie au sérieux.

Cole jeta un coup d'œil à Ève et inclina son menton vers Ren. Elle hocha la tête, de l'inquiétude traversant son visage.

Ren ressortit sur la terrasse, se mettant entre Cole et Ève, la bouteille vide de moitié pendouillant entre ses doigts. Ren n'était pas un gros buveur, alors s'il devait s'armer autant avec de l'alcool...

— Frangin, tu peux toujours dire non.

— Je ne veux pas... Dire non. Faisons-le.

Cole leva les yeux remplis de surprise vers l'homme qu'il désirait depuis si longtemps. L'homme qu'il avait cru ne jamais avoir. Son grand visage ciselé, les cheveux courts qu'il préférait à ses anciennes tresses africaines. Ses intenses yeux expressifs, ses larges lèvres attirantes, les muscles bien affûtés et puissants. Ren était plus robuste maintenant que pendant sa carrière de football. Plusieurs fois, ils avaient fait de l'exercice ensemble, Cole observant l'ondulation des muscles de Ren du coin de l'œil alors qu'il les faisait travailler avec des poids. Il avait d'ailleurs vu son meilleur ami assez de fois nu pour savoir ce qui pendait en bas. Si Ren voulait un jour le monter, Cole devrait s'assurer d'être prêt. Bien prêt.

Il réalisa être bouche bée. Il la ferma et éclaircit sa gorge.

— Maintenant, dit Ren.

Il aida Ève à se lever de sa chaise et la ramena dans la maison.

Cole resta une seconde de plus assis, s'assurant d'avoir bien entendu. Il se pinça. Ouais, il était réveillé. Puis, il se leva si vite que la chaise Adirondack sur laquelle il se détendait bascula en arrière et s'écrasa sur la terrasse.

Putain. Ça allait se produire !

Il tira sur son short, ajustant son érection. Il se précipita dans la maison, son cœur palpitant comme un fou. Il fouilla dans son sac en toile, qui était toujours posé sur le sol, et trouva des préservatifs et du lubrifiant.

Quand il entra dans la chambre principale, Ren et Ève étaient là, une bande de préservatifs dans chaque main.

— Je suppose qu'on est tous venus préparés, commenta Ève avec un rire nerveux.

Cole balança ses provisions sur la table de nuit et ôta son t-shirt, le jetant au hasard dans la pièce. Il trébucha en essayant de retirer son short trop vite. Sa bite était déjà dure et elle s'accrocha dans le tissu de son boxer alors qu'il réussissait enfin à l'enlever.

Il se tourna, complètement nu, et réalisa qu'Ève et Ren

étaient toujours totalement vêtus, l'observant. Il avait l'impression d'être un puceau prêt à perdre sa virginité.

— Quoi ? Un homme ne peut pas être excité par ce qui va se passer ?

Ren secoua juste la tête, balança ses préservatifs sur ceux de Cole et s'installa dans une chaise tapissée face au lit.

Cole avança vers Ève qui restait là, avec une expression de biche apeurée. Il réalisa que cela se transformerait en échec total s'il ne contrôlait pas son empressement. Il devait garder son sang-froid pour rassurer Ève, pour la mettre à l'aise. Il lui fit un sourire apaisant alors qu'il prenait les préservatifs dans son poing et les jetait sur les draps. Il la retourna pour qu'elle voie où était assis Ren, à les observer. La bouteille de vin à ses pieds était maintenant vide au trois-quarts.

— Détends-toi, murmura Cole dans son oreille.

Il dit dériver sa langue sur la crête.

— C'est ce que tu désires. Ça se produit.

Il suça son lobe avant de passer à sa bouche. Il effleura ses lèvres avec les siennes.

— Je te veux nue, chuchota-t-il contre la bouche d'Ève, ses doigts saisissant l'ourlet de son t-shirt et le tirant jusqu'à exposer son soutien-gorge.

Les doigts de Cole tracèrent la dentelle, la courbe du dessus de ses seins, trempant dans son décolleté.

— Ce sera un endroit parfait pour ma bite quand il te baisera.

Le soupir d'Ève caressa sa joue et il recula pour finir d'enlever le t-shirt par sa tête. Il se plaça derrière elle pour dégrafer son soutien-gorge et attrapa ses seins avec ses mains quand le vêtement tomba sur le sol. Il maintint leurs poids dans ses paumes, ses pouces effleurant ses tétons durs.

Cole la sentit frissonner. Alors, il pressa un sein et son autre main dérapa sur le ventre d'Ève jusqu'à parcourir le tour de taille de son short. Il défit le bouton et ouvrit lentement la fermeture éclair, jetant ponctuellement un coup d'œil nonchalant à Ren, essayant de décrypter sa réaction.

L'expression de Ren était tendue, mais Cole put voir la dilatation de ses narines. Il luttait. Il espérait simplement que son combat intérieur ne le retenait pas de fuir la pièce. Mais plutôt que Ren était excité en le regardant déshabiller Ève. Cole devait passer une vitesse. Ou deux.

Il voulait s'assurer que Ren se sentait excité et pas écœuré.

Cole faufila sa main dans le short d'Ève, puis sous sa culotte, pour y découvrir l'humidité, la chaleur qu'il désirait. Il introduisit un doigt entre ses plis et elle poussa un cri de surprise, écrasant sa tête en arrière, contre son torse. Il plaça ses lèvres sur la courbure de son cou, lécha et mordilla, la faisant trembler et grogner.

Il passa à nouveau un doigt sur ses plis, caressant son clitoris.

— T'es super mouillée. Je vais bien te baiser. Je vais te baiser jusqu'à ce que tu jouisses sur moi.

Il glissa un doigt en elle, puis un deuxième. Elle propulsa ses hanches en arrière, contre lui. Sa bite était coincée entre eux, palpitante, ses couilles tendues.

— Retire ton short et ta culotte.

Elle relâcha la nuque de Cole où elle l'avait agrippé avec férocité, pour arracher son short et sa culotte en un geste. Ils atterrirent autour de ses chevilles. Les doigts de Cole ne quittèrent à aucun instant sa chatte et son corps se contracta autour. Maintenant, Ren pouvait voir tout ce que Cole faisait à Ève. Il pouvait apercevoir la réactivité de son corps. Il ne pouvait pas rater la façon dont ses genoux se dérobèrent un peu, le mouvement de ses hanches contre la main de Cole, ses yeux fermés, sa bouche ouverte, sa respiration saccadée.

Mais Ren restait assis là, immobile, ses paupières légèrement baissées et les yeux sombres. Ses doigts agrippaient les bras en bois de la chaise.

Cole ramassa Ève et la plaça sur le lit. Sa tête se posa sur l'oreiller, ses yeux dans le vague. Il se glissa à côté d'elle, en faisant attention à ne pas obstruer la vue de Ren.

Il introduisit à nouveau ses doigts en elle, suçant un téton, puis l'autre. Elle était chaude et serrée, et si mouillée. À chaque plongeon de ses doigts, elle fit de petits bruits, l'encourageant à accélérer, à être un peu plus rude.

Il mordit la courbe moelleuse de son téton, puis au-dessus, et elle cria.

— Oh, baise-moi.

Ce fut une supplication à laquelle il eut du mal à résister. Sa bite était si dure contre la hanche d'Ève. Elle tendit la main pour attraper la couronne de sa verge, mais il se décala suffisamment pour rester hors d'atteinte. Il ne pouvait pas résister autant à ses assauts.

— Bientôt. Je veux d'abord te déguster.

Elle siffla un « Oui ». Ève désirait… Non, avait besoin… De sa bouche sur elle. Son corps bourdonnait.

Cole se baissa un peu plus près du lit et s'installa entre ses cuisses, guidant les genoux d'Ève au-dessus de ses épaules pour lui dévoiler totalement sa chatte.

Ses doigts séparèrent ses lèvres dodues, comme s'il recherchait un trésor. Après une dernière caresse de ses doigts, sa bouche les remplaça.

Sa langue longea chaque pli, s'arrêtant au niveau de son clitoris sensible. Le suçant légèrement, puis plus fort. Un coup de langue, puis un autre, encore et encore, jusqu'à ce que sa tête se renverse sur l'oreiller. Ses yeux se révulsèrent et elle inclina ses hanches, essayant de se broyer contre sa bouche. Mais c'était difficile de ne pas le faire. Si dur. Elle voulait venir. Elle devait venir.

Elle désirait qu'il la baise. *Maintenant.*

Sa langue trempait dans sa chatte, mais ce n'était pas suffisant. Sa langue fut rapidement remplacée par un doigt, puis deux. Sa bouche retourna sur son clitoris alors qu'il l'aspirait pendant que ses doigts plongeaient en elle. Elle était excitée, mouillée et prête à l'accueillir. Son corps était plus que prêt pour lui.

Il recourba ses doigts et trouva son point. Il la caressa jusqu'à ce qu'elle se sente éclore comme une fleur. Les mains d'Ève agrippaient les draps en miaulant de plaisir. La foudre descendit dans ses jambes, lui fit retrousser ses orteils, puis les remonta pour atterrir dans son centre. Elle hurla alors que son cœur se contractait férocement autour des doigts de Cole. Mais il ne ralentit pas.

Son clitoris était si sensible au toucher après l'orgasme qu'elle cria, presque de douleur, alors qu'il continuait d'explorer ses lèvres gonflées et tout ce qui se trouvait entre.

— Arrête. Arrête ! s'exclama-t-elle.

Il se figea et leva la tête. Ses yeux verts charbonneux croisèrent les siens. Le sourire sur son visage fut la preuve suffisante qu'il appréciait autant qu'elle.

Elle eut une pensée fugace lui suggérant qu'il savourait encore plus le moment avec Ren qui les observait.

— Pas plus ?

— Je ne peux pas, dit-elle, haletante.

— Ce n'était que le début, promit-il avec un léger mouvement de tête vers le Ren silencieux.

— Je sais !

Elle tenta de rire, mais ne parvint pas à reprendre suffisamment son souffle. Non seulement elle était hors d'haleine, mais elle se sentait aussi désossée. Si un homme pouvait lui faire cela, qu'allait-il arriver quand ils seraient deux ?

Il remonta sur le corps d'Ève jusqu'à ce que ses hanches soient installées entre ses cuisses. Une rigidité chaude et ses parties molles se pressèrent contre elle, son manche contre sa butte encore sensible.

Il embrassa légèrement ses seins. Quand elle arqua le dos, il mordilla chacun de ses tétons. Ils étaient douloureusement durs. Malgré tout, elle cherchait absolument ses caresses, sa bouche. Il en aspira un dans entre ses lèvres, le titillant avec sa langue, le savourant et le taquinant. Son pouce et son index capturèrent l'autre, roulant le bout rigide entre ses doigts, puis le tirant.

Des ondes de choc touchèrent son ventre, et plus bas.

— Cole, Cole... Ne me tourmente pas.

— Mets-moi un préservatif, rétorqua Cole en lui faisant un sourire malicieux.

Ève tâtonna, à la recherche de la bande de préservatifs qu'il avait jetée sur le lit, et en arracha un, puis l'ouvrit. Elle le déroula sur sa longueur rigide, s'y attardant et ses doigts le caressant. Avec les paupières baissées, la mâchoire de Cole se resserra alors qu'elle le lâchait. Il la fit rouler sur son ventre et tira ses hanches vers le haut, puis vers lui. Il se pencha et mordit doucement dans la rondeur charnue de son cul. Ève adorait quand il la mordait. C'était suffisamment tendre pour ne pas faire trop mal, mais suffisamment fort pour que son organisme génère des endorphines. Cela durcit douloureusement ses tétons et son sexe lui donna l'impression de suinter. Elle serait étonnée qu'il n'y ait pas de flaque sous elle.

— Si mouillée, commenta-t-il en testant son humidité avec un pouce. Je veux sombrer au fond de toi.

Elle étouffa un cri dans les draps.

— Fais-le !

Sa chatte se contracta, patientant et désirant sentir la tête de sa bite au niveau de son ouverture. À la place, il glissa à nouveau un pouce dans son humidité, puis le plaqua contre son anus, ne le franchissant pas vraiment, mais faisant pression à un endroit nouveau pour elle. Mais avant qu'elle puisse trop y réfléchir, il enfonça sa verge en elle. Au fond. Si profondément. Ses organes s'étirèrent pour s'adapter à sa circonférence, sa longueur. Il occupait tout son espace. Le souffle saccadé de Cole balaya sa peau enflammée. Il expira une nouvelle fois.

Puis, il sortit lentement d'elle. En entier. Elle se sentit vide, désireuse. Elle voulait qu'il la baise violemment. Lui donner tout ce qu'il avait, tout ce qu'il pouvait lui offrir. Et plus.

Il pénétra à nouveau doucement en elle. Quand il atteignit sa limite, son pouce s'introduisit dans le cul d'Ève, l'étirant aussi à cet endroit. Un gémissement lui échappa alors qu'il prenait un rythme avec son pouce correspondant à celui de ses hanches. Il glissa en elle, en allers-retours. La sensation était étrangère à Ève, mais elle ferma les yeux, lui donnant totalement accès à son corps. Sa chatte, son cul. Il prenait possession de tout son être.

— Je vais te baiser le cul.

— Non, grogna-t-elle.

Elle ne pouvait pas y accueillir sa taille. C'était impossible.

— Si. Pas ce soir, mais bientôt. Je te ferai supplier.

Son pouce insista jusqu'à avoir une phalange à l'intérieur. Ses hanches bougèrent plus vite contre celles d'Ève, plus fort.

Il passa sa main libre, décalant tout son poids sur ses genoux. Il trouva son clitoris avec son majeur, le frictionna, le pressa, le bidouilla.

Les cadences de son pouce, de son majeur et de sa bite se synchronisèrent. Chaque caresse, chaque sensation la rapprochant du bord. Elle agrippa les draps avec ses poings et hurla dans le matelas à chaque poussée. La verge de Cole pulsa en elle alors qu'il frottait son point, celui qui lui donnait envie de se briser et de se répandre sur tout le lit. Sur Cole.

— Je vais venir, cria-t-elle.

Le rythme de Cole s'intensifia, devint plus frénétique. Il pinça son clitoris entre son pouce et son index.

Elle jura et hurla alors que les vagues de son orgasme ondulaient dans son corps, de son centre à ses orteils, puis dans l'autre sens. Les contractions de sa chatte se réglèrent sur les palpitations de son cœur. Et Cole n'arrêta pas. Il la pilonna, leurs peaux claquant l'une sur l'autre. Il libéra son clitoris et son cul pour attraper ses hanches, pour la baiser plus violemment. Et encore une fois, les vagues s'écrasèrent sur elle, en elle. Ses parois internes se serrèrent tant autour de lui, qu'il cria son nom et se figea, la base de sa bite vibrant alors qu'il se soulageait au fond d'elle.

La verge de Ren était si dure qu'il pariait qu'il aurait les couilles bleues quand tout serait fini.

Il avait dû défaire le bouton et la fermeture de son short après que Cole eut mis Ève sur le lit. Maintenant, sa main tremblante en pressait la base, frottait sa longueur, l'épaisse veine pulsant sous ses doigts. Il changea de main et se caressa pendant que Cole baisait Ève, la faisait gigoter et crier. Il le lui avait aussi fait. Ce devrait être lui entre les cuisses d'Ève pour la baiser jusqu'à la faire jouir. Mais ce n'était pas le cas.

Proposition osée

Il observa les fesses de Cole s'incurver et pousser alors qu'il pénétrait Ève par-derrière avec sa bite, jouant avec elle, violant son cul avec son pouce.

Ren était incapable de détourner les yeux. Il ne pouvait rien faire, à part les contempler. Et il réalisa qu'il le voulait, il était vachement excité par le spectacle de Cole baisant Ève. Il n'était pas jaloux. Il était envieux, il aurait dû les rejoindre plus tôt.

Merde.

Ren en avait assez. Il ne pouvait plus rester assis là, à regarder Cole donner du plaisir à Ève, l'observer se tortiller et crier sous son ami, la voir enfoncer ses ongles dans le dos de Cole. Soudain, il se leva. La chaise dans laquelle il était installé se renversa et cogna dans le mur.

Entre-temps, Cole s'était figé, puis s'était effondré à côté d'Ève qui glissa sur le ventre, essoufflée.

Ils se retournèrent tous les deux au fracas.

— Laissez-moi vous dire un truc… commença-t-il en s'approchant du lit, scrutant leurs corps nus, leurs membres entremêlés. C'était une des choses les plus excitantes que j'ai vues.

Il avança. Assez pour pouvoir les toucher.

— Je suis super dur là.

Cole se redressa pour tendre sa main et l'inviter.

— Eh bien, viens alors. Laisse-nous t'aider avec ton dilemme.

Ren mit un genou sur le lit, le matelas sombrant sous son poids.

— Je ne sais pas…

— Si, tu sais. Je ne te toucherai pas si tu ne veux pas. Tu peux être le seul à toucher, le rassura Cole. Mais… est-ce que tu acceptes les contacts accidentels ?

Le premier instinct de Ren fut de répondre non, mais

Cole lui avait demandé de rester ouvert d'esprit. Il se mit donc en tête de l'être.

— Très bien. Je peux composer avec des contacts *accidentels*.

— Si je fais quelque chose par *accident* qui te gêne, dis-le-moi simplement.

— Du genre un mot de secours ? l'interrogea Ren en fronçant les sourcils.

Cole rit.

— Non, pas besoin de mot de secours. Pointe du doigt ce que je fais. Je pourrais ne pas m'en rendre compte. Je veux que tu sois à l'aise, mais je veux aussi repousser tes limites.

— Je pense être inquiet que tu les *repousses*.

— Je désire qu'on passe *tous* un bon moment. Que personne ne se sente exclu, ajouta Ève, une lueur dans ses yeux.

Elle était visiblement excitée à l'idée que Ren les rejoigne, sa précédente nervosité évaporée.

— Tu seras la crème de notre biscuit fourré.

— C'est tout ce que je demande ! rétorqua Ève en souriant à Cole.

— Est-ce que tu souhaites qu'Ève te déshabille ? lui proposa Cole.

Ren secoua la tête. Vu la crispation de ses boules et la rigidité de sa queue, si Ève le déshabillait, cela pourrait mener à sa perte. S'il allait se décharger, il voulait faire autre chose qu'enlever ses vêtements.

Il tira son t-shirt par-dessus sa tête et le jeta. Son short était déjà défait, le bout engorgé de sa bite dépassant du haut de son boxer. Il put alors s'extraire de son short et de son caleçon, et les poussa.

Il se tint nu devant Cole, sa longueur rigide et incurvée contre son ventre. Ils s'étaient vus nus un million de fois auparavant. Il n'y avait aucune timidité dans les vestiaires et les douches, avant, pendant et après les matchs et les entraînements. Mais ils ne s'étaient jamais vus durs, excités.

Toutefois, cette soirée était différente.

Cole recula pour s'appuyer contre la tête de lit. Ève était au niveau de son flanc, pratiquement enroulée autour de lui.

Cole parcourut lentement le corps de Ren des yeux, des pieds à la tête. Ren pensa que cela lui ferait perdre son érection. Ce ne fut pas le cas. Sa bite tressaillit sous le regard de l'autre homme.

Ève se détacha de Cole et s'écarta, tapotant le lit entre eux. Cole se décala alors un peu, lui donnant de l'espace.

Ren fixa la place qu'avait tapotée Ève, celle qu'ils avaient créée pour lui.

Avec précaution, il grimpa entre les deux. Cole, tenant sa parole, ne le toucha pas, mais ne se poussa pas non plus. Ils s'assirent, épaule contre épaule, contre la tête de lit.

Ève monta sur ses genoux et enfourcha ses hanches. Sa chaleur humide contre ses couilles, sa bite coincée entre. Du précum s'accumulait au bout. Ève passa son pouce dessus, le faisant tournoyer sur la tête, puis sur sa longueur. Il s'enfonça dans sa main, perdant le peu de contrôle qu'il préservait.

Ève croisa son regard. Elle sourit, puis se pencha en avant pour l'embrasser, ses mains plaquées sur ses pectoraux. Elle effleura ainsi ses tétons sous ses paumes.

Elle le baisa dans le cou, sur son épaule, puis son torse. Alors qu'elle faisait cela, elle bougea entre ses jambes, passant ses lèvres sur son ventre, puis sa hanche. Elle les posa à l'intérieur de ses cuisses et mordilla la peau à cet endroit. Elle attrapa ses bourses avec sa bouche, sa langue roulant autour de ses couilles.

Bon sang !

Il était incapable de bander plus. Il ne pouvait plus attendre d'être au fond d'elle.

Les doigts d'Ève remplacèrent ses lèvres. Elle prit ses boules alors qu'elle léchait la couronne de sa verge. Fit le tour, descendit et remonta, capturant le précum avec sa langue.

Il grogna, reposant sa tête sur celle du lit. Il ferma les yeux, savourant la sensation de sa langue et de ses lèvres.

Le matelas bougea alors qu'Ève se baissait pour saisir son sexe dans sa bouche.

Oh, putain. Sa bouche était si chaude et humide. Elle l'engloutit plus profondément, encore et encore. Depuis les quelques semaines qu'ils se fréquentaient, elle ne l'avait jamais pris aussi profond. Il lutta pour ne pas s'enfoncer dans sa bouche et sa gorge.

Il était si près. Oh, mon Dieu ! Il désirait la baiser, mais ne parvenait pas à bouger. Il voulait faire cela. Venir dans sa gorge. La main d'Ève pressa la base, l'empêchant de jouir un instant et faisant durer le plaisir.

Il tendit la main pour saisir une poignée de ses longs cheveux soyeux. Ses doigts rencontrèrent une tête lisse et chauve à la place. Ses yeux s'ouvrirent brusquement.

C'était quoi ce bordel !

Il attrapa le crâne de Cole.

— Détends-toi, bafouilla celui-ci autour de sa verge dure avant qu'il puisse le repousser.

Mon Dieu ! Comment ce salaud pouvait être si bon à... Sucer sa bite ? Pourquoi ne perdait-il pas son érection ?

Il devrait lui résister, l'écarter.

Mais il ne pouvait pas. Il en était incapable.

Ève était sur le dos sous Cole, suçant en même temps la queue de l'autre homme. Ils l'avaient dupé. Ils avaient échangé leurs places. Mais *bon sang...*

Cole le prit au fond de sa bouche. Il pouvait presque faire une gorge profonde avec la bite de Ren. Impressionnant.

— Ah, putain.

Cole se figea.

— Tu veux que j'arrête ?

— Oui. Non. Putain, je vais venir.

Cole sourit avant de continuer. C'était *sa* main enveloppée autour de la base de sa queue. *Sa* main le pressant alors qu'il le suçait. *Sa* main caressant ses boules.

Ren regarda derrière lui pour voir ce que faisait Ève. Elle suçait Cole aussi intensément que Cole le suçait. Son ami était à genoux, donnant de la place à Ève entre eux. Elle avait ses doigts enveloppés autour des couilles de Cole, qui prenaient une nuance violet foncé. Elle leva ses yeux vers Ren et sourit autour de la longueur rigide de Cole. Elle tendit sa main libre entre ses jambes et joua avec son propre sexe. Ren ne pouvait pas vraiment voir ce qu'elle faisait, mais il pouvait l'imaginer.

Ce qu'il visualisa fut assez pour le durcir et plier les orteils.

— Je viens ! prévint-il Cole.

Celui-ci continua à le sucer, prenant la décharge de Ren dans sa gorge. Il n'arrêta pas jusqu'à ce que Ren soit vidé et faible. Cole le libéra et posa sa tête sur la cuisse de Ren, gémissant alors qu'Ève continuait de l'aspirer avec sa bouche et de presser ses couilles. Finalement, Ève relâcha ses bourses, la couleur normale revenant lentement. Cole se tendit alors, attrapant les draps de chaque côté de Ren.

— Oh, putain, hurla Cole contre la peau de Ren. Oh, putain !

Ren plaça une main sur le dos de Cole. Il était chaud, sa peau trempée sous sa paume.

— Je veux te voir venir dans sa bouche.

Ren observa les muscles du cul de Cole se contracter alors qu'il criait et jouissait.

Cole se détendit contre lui, allongé sur les jambes de Ren, alors qu'Ève se décalait pour reprendre son souffle.

Elle traîna jusqu'à Ren, s'enroulant sous son bras, se blottissant contre son cou.

— Ça va ? lui demanda-t-il.

— Parfaitement, assura-t-elle en lui souriant. Merci.

— Pour quoi ?

— Pour ça. Pour y avoir réfléchi.

Ren ne lui répondit pas, mais regarda Cole, toujours étalé sur ses jambes. Sa respiration était lente et tranquille, chatouillant les boules de Ren. Sa bouche était à peine à un centimètre.

S'il n'était pas venu quelques instants plutôt, Ren aurait à nouveau bandé. La bite de Cole était à présent molle contre le mollet de Ren.

Il se secoua mentalement. À quoi pensait-il ? Il n'était pas gay ! Il n'était pas attiré par les hommes !

Il n'avait jamais eu d'attraction sexuelle envers Cole auparavant. Oui, il l'adorait, comme un frère ou un ami. C'était normal, non ?

Mais Cole l'avait sucé jusqu'à le faire jouir. Il avait un meilleur savoir-faire que n'importe quelle femme qu'il avait fréquentée, même Ève. Il avait probablement plus d'expérience.

Mais ce qui avait le plus dérangé Ren, c'était qu'il avait aimé. *Il avait aimé.* Savoir qu'Ève avait donné du plaisir à Cole alors qu'il masturbait Ren l'excitait encore plus.

Bon sang !

Ren tapa Cole avec son pied.

— Aïe !

— Ne refais plus jamais ça ! s'exclama Ren en lui jetant

un regard noir. Surtout sans me l'avoir d'abord demandé !
ajouta Ren.

— OK, mais tu vas me le réclamer, rétorqua Cole en lui
faisant un grand sourire.

Ren grimaça. Cole n'était pas seulement un bon suceur,
mais il était aussi effronté.

Chapitre Dix

Après que Cole avait taquiné Ren en lui disant qu'il redemanderait à Cole de sucer sa bite, celui-ci se dégagea de leurs corps emmêlés. Il rassembla ses affaires et sortit de la chambre. Aucun mot, aucun regard.

Ève fut sur le point de le suivre pour lui parler, mais Cole l'arrêta.

– Laisse-le pour le moment, laisse-le digérer.

Elle hocha la tête, soupira avec résignation et retourna dans le lit avec Cole. Ils s'étaient câlinés avant de s'endormir, ce qui ne prit pas longtemps du tout. Les dernières paroles d'Ève à Cole furent pour dire qu'elle espérait que Ren reviendrait et qu'elle se réveillerait entre eux deux.

Mais ce matin, Ren n'était nulle part. Aucun des autres lits n'avait été occupé. Son sac de voyage avec ses habits avait disparu.

Ève et Cole avaient tous les deux tenté de l'appeler et de lui envoyer des messages. Ils n'obtinrent aucune réponse.

Cole put voir l'inquiétude sur le visage d'Ève alors qu'elle déambulait dans la cuisine lumineuse. Elle tira sur sa lèvre inférieure avec ses dents, ne s'en rendant même pas compte.

Cole s'approcha d'elle pour l'enlacer. Il voulait la rassurer en lui garantissant que la disparition de Ren n'était pas de son fait. Elle se raidit au début, mais après un instant, elle s'affaissa contre lui. Il passa ses mains sur ses épaules, jusqu'au bout de ses doigts, et remonta.

– Qu'est-ce que j'ai fait, Cole ? Tout est de ma faute.

– Rien. C'était moi. Je l'ai provoqué. Je n'aurais pas dû le piéger comme ça.

Il fronça les sourcils dans les cheveux d'Ève, inspirant l'odeur fruitée de son shampoing. Il adorait sentir ses cheveux sur lui quand il était nu.

– J'espère qu'il va bien.

– Il ira bien. C'est un grand garçon. Il peut se débrouiller.

– Mais...

Il la coupa, essayant de lui changer les idées.

– J'ai faim. Qu'est-ce qu'il y a à manger ?

– Je pensais faire des gaufres belges avec des fraises fraîches.

– Ça me paraît sympa, mais je pensais d'abord faire autre chose. Une petite mise en bouche.

Elle s'appuya contre lui en tournant légèrement la tête.

– Quoi ?

Cole tira le long t-shirt qu'elle portait au-dessus de la courbe de ses hanches, et palpa le doux monticule à travers sa petite culotte rose.

– Ça.

De derrière, ses bras la coincèrent à la taille alors qu'il écartait la culotte en coton sur le côté. Il frotta sa chatte chaude avec son autre main. Elle avait dû se raser ce matin sous la douche. Ses lèvres étaient super lisses à l'endroit qu'il touchait. Il glissa deux doigts dans son canal tiède.

– Pas si mouillée ce matin ? murmura Cole contre son oreille.

La poitrine d'Ève se souleva et elle contracta son corps autour de ses doigts. Il la baisa doucement, sentant les mouvements de crispation de ses muscles internes.

– Ah, voilà. Trempe ma main.

Elle attrapa le bord du comptoir alors qu'il faisait des allers-retours en elle. La tête d'Ève tomba vers l'avant, ses cheveux dissimulant son visage.

– C'est ça. Tu es bien mouillée maintenant. Comme je l'aime. C'est ça, bébé.

Les muscles d'Ève lui serrèrent fortement les doigts.

– Putain, oui !

La gaule de Cole fit pression sur le fin coton du t-shirt, pénétrant la fente entre les fesses d'Ève. Les hanches de celle-ci se balancèrent sur ses doigts, ce qui le fit osciller contre son cul.

– Je vais pincer ton clitoris et tu vas venir, OK ? ordonna-t-il d'une voix grave et râpeuse, même pour ses oreilles.

– Ooooo... Kkk, chuchota-t-elle.

Il glissa son annulaire et son auriculaire en elle, et utilisa son pouce et son index pour attraper son clitoris et le presser.

Ève cria et ses genoux se dérobèrent. Il passa un bras sur sa poitrine, au-dessus de ses seins, la maintenant contre lui. Il pouvait la pencher juste là, contre le comptoir, et s'introduire chez lui. Il en faudrait peu pour sentir sa chaleur humide autour de sa bite palpitante. Mais... Pas encore.

– T'as aimé ça ?

Elle hocha la tête, respirant péniblement.

Il la retourna et l'embrassa fougueusement, ses lèvres pressées contre les siennes, sa langue les forçant à s'ouvrir pour explorer sa bouche. Il captura son gémissement entre ses lèvres.

Il la souleva dans ses bras et la posa sur la table de la cuisine, son cul au bord, ses jambes pendantes. Le t-shirt d'Ève était relevé au-dessus de ses seins, exposant ses pointes dures. Il voulait les mordre violemment. Il souhaitait l'entendre crier. Il désirait laisser des marques de dents sur la peau sensible entourant ses tétons. Patience. Patience, se dit-il.

Il s'accrocha à sa culotte et la retira. Tombant à genoux, il fut à la bonne hauteur. Il écarta alors ses cuisses. Sa chatte était magnifique. Rose, lisse et luisante de son orgasme. Il ne savait pas s'il avait déjà été avec une femme qui mouillait autant, dont les jus jaillissaient quand elle jouissait. Sur toute sa bite ou ses doigts, ou sa bouche...

À cette pensée, il pressa ses lèvres sur elle, la léchant, la savourant, inspirant son odeur d'excitation.

Il l'écarta avec ses doigts et enfouit son visage contre elle, la caressant avec sa langue, aspirant son clitoris. Il maintint ses hanches avec son bras pour l'empêcher de se débattre contre la table.

– Ça c'est mon style de petit-déjeuner, dit-il avant de se replonger entre ses jambes.

Elle lâcha un long gémissement et ses hanches luttèrent contre le poids du bras de Cole. Il sentit un jet chaud sur ses lèvres, son visage, avant de reculer avec un sourire. Il passa le dos de sa main sur sa bouche et se leva.

La chatte d'Ève était mûre et prête pour qu'il la baise bien et violemment. Pour qu'il la baise jusqu'à ce qu'elle jouisse à maintes reprises, trempant sa bite et ses couilles.

– Je vais te baiser maintenant, l'informa-t-il en retirant ses habits, les balançant sur une chaise qu'il avait écartée précipitamment de la table de la cuisine.

– Oui, gémit-elle. Oui.

Il se maudit quand il réalisa qu'il n'avait pas de préservatif. Alors qu'il pivotait, un corps le heurta et tout l'oxygène quitta ses poumons. Il fut assommé etil trébucha en arrière, tentant de reprendre son souffle et son équilibre. Ève se leva précipitamment de la table et hurla sur Ren.

– Ren ! Arrête !

Cole entendit la panique dans sa voix, mais il lutta contre l'envie de se défendre. Ren ne lui ferait pas de mal. Pas vraiment. Il était énervé, c'était tout. Ils étaient comme des frères.

Ren l'attrapa par les épaules, poussant sa tête contre la table. Cole grogna alors que ses dents coupaient sa lèvre.

Ren écarta les pieds de Cole alors qu'il le gardait épinglé sur la table de la cuisine. Cole ne sentit rien à part un vide derrière lui, puis le bruit indéniable d'une fermeture. Ren décala une main sur la nuque de Cole pendant que l'autre était sur sa bite, repérant son trou serré.

Ren allait le baiser. Il était là, la large tête de sa verge pressant contre l'entrée étroite. Le cerveau de Cole s'emballa.

– Lubrifiant ! grommela Cole.

Ren resta immobile et n'écarta pas sa queue de son entrée.

– S'il te plaît ! ajouta-t-il alors.

Ren ne bougea toujours pas. Ren resta en place, respirant péniblement, maintenant Cole sur la table. Son cul était complètement exposé, mais Ren demeurait figé... Comme si son cerveau venait de rattraper la réalité de ce qu'il allait faire.

Du coin de l'œil, Cole vit Ève sortir précipitamment de la cuisine et revenir, donnant une bouteille de lubrifiant et un préservatif à Ren.

Le déchirement de l'emballage et le claquement de l'ouverture d'une bouteille envoyèrent un frisson le long de la colonne de Cole.

Ren n'allait pas être doux. Oh, non. Il était en colère et

énervé. Cole pouvait imaginer que Ren avait mariné pendant des heures et souhaitait se soulager sur Cole de tous les sentiments que la veille avait générés. Est-ce que Ren en voulait à Cole pour ses fantasmes bisexuels ? Ceux qu'il ne désirait pas admettre ?

De toute évidence, Ren allait punir Cole.

De l'avoir tenté ? De l'avoir suffisamment provoqué pour qu'il baise Cole dans la cuisine, là où la lumière matinale révélait tous ses secrets.

Cole ne pouvait pas voir le visage de Ren, mais il sentit la pression de son épaisse bite rigide au niveau de son anus. Les doigts de son ami creusant puissamment sa nuque avec plus de force que nécessaire.

Cole n'avait aucun désir de lutter. Aucun besoin de fuir. Il endurerait la colère de Ren, du moins cette fois. Il comprenait les vives émotions que Ren ressentait. Il les avait vécues il y a bien longtemps. Quand il avait découvert sa propre sexualité.

Avec un juron, Ren s'enfonça en lui. Ne progressant pas doucement en étirant gentiment le canal de Cole pour l'accueillir. Non. Ren allait le baiser sans indulgence. Cole ne pouvait que se demander si l'autre homme allait le posséder si durement pour prouver qu'il était encore au contrôle de lui-même. Ren pensait peut-être qu'il avait perdu une partie de sa virilité la veille et devait montrer à Cole celui qui était toujours dominant, qui était encore totalement masculin.

Qu'importe la raison, Cole put sentir toutes les émotions de Ren à chaque poussée. Sa colère. Sa frustration. Sa peur.

Ren le pilonna.

Cole le désirait depuis longtemps, mais ne l'avait jamais dit à personne. Il s'était tu parce qu'il avait cru que cela n'arriverait jamais. Eh bien, grâce à Ève, cela se produisait. Peut-être pas exactement comme il l'avait imaginé, mais il espérait qu'il y parviendrait. Que Ren le désirerait autant que Cole le voulait.

Mais pour le moment, il prendrait ce qu'il pouvait avoir. Et en cet instant, il se faisait bien fraiser le cul. Son corps secouait la table en bois à chaque propulsion de Ren. À chaque claquement, Cole et Ren grognaient.

Il resta aussi détendu qu'il le pouvait, même si Ren le maintenait toujours avec force.

Les coups cadencés des hanches de Ren contre son derrière le poussa à fermer les yeux pour se concentrer sur les mouvements de son ami, sur chaque grognement qu'il lâchait.

Cole bondit de surprise quand une main agrippa sa bite à moitié en érection. De sous la table de la cuisine, Ève le frictionna, puis l'avala au fond de sa gorge.

Il lutta pour se focaliser sur la bouche d'Ève alors qu'elle serrait la base de sa queue et le suçait, le léchait, mordillait son manche. Elle le maintenait dur et prêt, ce qui dérouta son corps. Le plaisir à l'avant, la punition à l'arrière.

Soudain, Ren rata un coup. Il ralentit, sa respiration pesante. De manière inattendue, Ren relâcha la nuque de Cole pour agripper ses hanches fermement avec ses doigts.

Cole eut finalement assez de liberté pour incliner son bassin et accueillir les mouvements de Ren en se décalant à un angle plus agréable. Ève essayait de garder le même rythme avec sa bouche sur son membre, léchant la longueur, le prenant au fond de sa gorge.

L'allure de Ren devint à nouveau effrénée et il hurla, se répandant au fond de Cole.

Cole gémit alors que la bite de Ren pulsait au fond de son canal.

Ève augmenta sa cadence et Cole cria en se soulageant. La gorge d'Ève s'activa alors pour recueillir chaque goutte de sa semence. Elle le laissa se retirer de sa bouche et embrassa la tête encore gonflée, avant de s'extirper de sous la table.

Ren était immobile, sa respiration encore un peu rapide. Il baissa sa tête pour coller son front sur le dos de Cole. Celui-ci sentit le souffle chaud de Ren sur sa peau bouillante et humide.

ÈVE SE REMIT sur ses jambes et passa derrière Ren, s'appuyant contre son dos et enveloppant ses bras autant qu'elle put autour des deux hommes, essayant de les tenir tous les deux contre elle. Elle posa alors sa joue sur le dos de Ren.

Elle tentait à tout prix de ne pas pleurer pour ne pas ramener la souffrance de Ren à la surface. Mais son cœur se brisait.

– Désolée, chuchota-t-elle.

Elle ignorait si elle s'excusait à l'un, à l'autre ou les deux. À eux tous. Elle était navrée qu'ils en soient arrivés à là. Elle était navrée d'avoir imaginé ce plan en premier lieu. Elle était navrée que Cole ait enduré la punition qu'il venait d'avoir, même s'il l'avait acceptée sans se plaindre. Elle était désolée d'avoir poussé Ren au point de rupture. D'avoir remué des désirs qu'il n'avait jamais souhaité faire remonter à la surface.

– Ève. Tu dois bouger. J'écrase Cole.

La voix de Ren semblait fatiguée et abattue.

Elle s'écarta pour leur donner de l'espace. Ren présenta une main à Cole, qui la saisit. Il l'agrippa même fermement alors que Ren le tirait pour le lever.

Dès que Cole fut debout, il trouva son short et le remonta au niveau de ses hanches. De son côté, Ren arracha le préservatif et le jeta dans la poubelle avec plus de force que nécessaire, son visage ne laissant rien apparaître.

Mais Ève avait vu une lueur avant que son expression devienne impassible. Quelque chose mijotait. Du regret ?

Certainement. Il avait été dur avec Cole. Et celui-ci était son ami le plus proche.

Ren remonta son pantalon cargo au motif camouflage et le ferma avant de se tourner face à eux.

— Qu'est-ce que j'ai fait, bordel ? dit-il d'une voix grinçante en gardant son regard loin de Cole. Je suis désolé, Dix.

— On est frangins pour la vie, Renny. Ne sois pas désolé.

— Je voulais le faire.

— Alors, t'es en colère parce que tu désirais me baiser ?

— Bah oui ! Putain ! Je...

Ren serra les mains.

— J'ai aimé !

— J'ai bien aimé aussi, répondit Cole en secouant la tête et se forçant à rire. Enfin, je n'aurais peut-être pas tant apprécié si Ève n'était pas allée chercher le lubrifiant. Ou ne m'avait pas sucé. Mais ce n'est pas important...

— Est-ce que je t'ai fait mal ?

— Non. Alors, ne te stresse pas pour ça, frérot.

— Je ne t'en voudrais pas si tu ne me le pardonnes jamais.

— Merci pour le lubrifiant, dit Cole en effleurant la joue d'Ève avec ses lèvres. Rien à pardonner, assura-t-il plus fort à Ren.

Cole remplit la cafetière d'eau et de café moulu, puis l'alluma. Ève l'observa agir comme si tout allait bien, comme si rien n'était arrivé entre les deux hommes.

— Des conneries ! s'exclama Ren.

Ève pensa que Ren pourrait longtemps s'en vouloir pour ce qui s'était produit. Elle espérait que non. Cole ne lui reprochait rien. Ren devrait lâcher prise et avancer.

— La prochaine fois...

— La prochaine fois ? aboya Ren.

Il pivota, mais Ève eut envie de le toucher. De l'apaiser. Alors, elle l'enlaça et il se raidit. Il était fermé, mais ne s'écarta pas.

— La prochaine fois, on sera mieux préparé, lui dit-elle doucement.

— Je viens de baiser le cul de mon meilleur ami, répondit Ren en lui faisant un air menaçant. Je ne suis pas sûr de pouvoir mieux y être préparé.

Cole gloussa. Ève leva les sourcils en le regardant. Elle ne pensait pas que Ren trouve cela drôle.

Mais qu'elle le veuille ou non, Cole ignora sa supplication silencieuse.

— Renny, tu n'as pas à rentrer dans une petite boîte. Ce n'est pas important de savoir quel label tu *crois* devoir porter. Que tu sois hétéro, bisexuel, bicurieux ou même hétéro-flexible, Ève et moi, on s'en fout. Crée ton mot. Sois juste *toi-même*.

La cafetière bipa et Cole sortit trois tasses. Il les remplit et en tendit une à Ren. Noir. Ren aimait son café noir. Elle avait passé la nuit chez lui plus d'une fois ces dernières semaines. Elle commençait à apprendre ses préférences et ses habitudes. Mais Cole les connaissait. Il connaissait tant de choses sur l'homme avec lequel il était ami depuis une éter-nité, dont il avait finalement admis hier qu'il le désirait depuis un moment, mais il n'était jamais passé à l'acte.

Alors que Ren acceptait la tasse, les doigts de Cole frôlèrent ceux de l'autre homme. De toute évidence, ce n'était pas accidentel.

— Je souhaite te toucher depuis longtemps. Je voulais te montrer un plaisir que tu n'avais jamais expérimenté auparavant. Et c'est toujours le cas.

Ren prit une gorgée de son café chaud et bougea pour s'appuyer contre le comptoir de la cuisine.

Proposition osée

– Toutes ces années, tu n'as rien dit.

– Évidemment, tu ne m'as jamais confié que tu avais été avec des hommes à la fac... Ou *un* homme, qu'importe. Avant-hier, du moins. Si je l'avais su, je t'aurais proposé de le tenter plus tôt.

– Je croyais qu'on était amis... rétorqua Ren en fronçant les sourcils. *Meilleurs* amis.

Cole soupira. Il prit son café et s'appuya contre le cadre d'une des portes vitrées. Il n'était probablement en état de s'asseoir, pensa Ève.

– Ouais. Un meilleur ami m'aurait dit ce que tu as essayé à la fac. Bébé, ce n'est pas comme si je voulais t'épouser. Je désire juste te baiser. Ou que tu me baises.

– S'il te plaît, ne m'appelle pas bébé, dit Ren en grimaçant.

– Très bien, *Renny,* se moqua Cole en agitant sa main libre en l'air. Je dirai bébé à Ève. Ça ne la dérangera certainement pas. Hein, Ève ?

Celle-ci hocha la tête pour confirmer son accord, mais continua de se déplacer dans la cuisine en rassemblant les ingrédients pour le petit-déjeuner. Elle laisserait les deux hommes régler la situation. À ce stade, sa participation n'était pas nécessaire, et sûrement pas souhaitée. Cela lui convenait.

– Si tu n'es pas à l'aise avec tout ça, alors arrête, reprit Cole en agitant à nouveau la main. Mais si c'est quelque chose que tu penses aimer et que tu ne veux pas te l'admettre, relâche-toi. Explore ce que tu désires. Ève est ouverte. Je suis absolument ouvert à l'idée. Certaines personnes souhaitent avoir une étiquette bien définie. La vie n'est pas rangée, bon sang ! Elle est bordélique. Et j'en suis ravi. J'adore le bazar. Je ne veux pas être catégorisé dans une boîte. Au diable les boîtes !

Ève sortit les ingrédients pour les gaufres et commença à

les mélanger, tendant une oreille attentive à la conversation. Si elle devait les interrompre ou même les séparer, elle le ferait.

— Au diable les boîtes ? C'est peut-être facile pour toi. Mais qu'est-ce...

Cole devait voir où Ren voulait en venir, car Ève fut étonnée quand il coupa le plus grand homme.

— Personne n'a besoin d'être au courant pour nous. Ève ne va pas vendre la mèche, et tu sais que je ne le ferai pas non plus. Je n'ai pas besoin de sortir en public avec toi à mon bras. C'est notre vie personnelle. Personne n'a besoin d'être au courant. La façon d'avancer ensemble dépend de toi. Aucune pression.

Ève s'affaira avec le gaufrier avant de retourner battre la pâte. Elle n'entendit rien derrière elle. Le silence s'intensifia. Ève tourna sa tête pour voir ce qu'ils faisaient, pour s'assurer que Ren n'étranglait pas Cole.

Ce qu'elle fit lui fit lâcher le fouet. Il cliqueta sur le comptoir, la pâte aspergeant le plan de travail et le sol, et tout son corps.

Ils étaient dans les bras l'un de l'autre, ne se tordaient pas le cou, mais s'enlaçaient. Elle ignorait si c'était un câlin passionné ou si c'était simplement amical. Mais dans tous les cas, elle prenait.

Elle pouvait voir le visage de Ren de là où elle se tenait.

Une lueur de tendresse et une touche de passion traversèrent l'expression de Ren, remplirent ses yeux. Quelque chose de sombre et interdit. Mais aussi rapidement qu'elles étaient venues, elles furent cachées par ses paupières. Presque comme s'il avait été surpris par sa réaction et ne souhaitait pas que les deux autres le sachent.

Ève réalisa qu'il n'était pas du tout contre tout cela. Mais il luttait contre sa réaction, il ne désirait pas paraître pressé.

— Je suis désolé, Dix. Je n'ai pas voulu te faire de mal, marmonna Ren.

— On a déjà eu cette discussion. Tu n'as rien fait. Maintenant, embrasse-moi pour que tout aille mieux.

Ren pouffa et repoussa Cole. Il prit son café sur la table et s'installa sur une des chaises. Il jeta alors un coup d'œil à Ève.

— Quand les gaufres seront-elles prêtes ?

Ève se remit à nettoyer le bazar, se souriant à elle-même.

Chapitre Onze

En fin d'après-midi, Cole les quitta pour courir sur la plage, laissant Ren et Ève seuls dans la maison.

Ren était assis sur l'un des transats quand Ève sortit, lui tendant une bière. Il attrapa ses doigts et l'attira sur ses genoux.

Ève s'installa contre lui avec un long soupir.

— J'aurais aimé que l'eau soit plus chaude. J'adorerais aller nager.

— J'aurais aimé savoir nager.

Ève se tourna vers lui, étonnée. Elle scruta son visage.

— Tu plaisantes, n'est-ce pas ?

— Enfant des quartiers pauvres, dit-il en levant une épaule et se pointant du doigt. On n'avait pas beaucoup l'occasion d'apprendre.

— Il n'avait pas de programmes de natation, là où t'as grandi ? Ceux des YMCA ?

Elle s'appuya contre lui, la chaleur du soleil sur son visage, son torse chaud câlinant son dos.

— Il fallait payer, expliqua-t-il en posant une joue au

sommet de sa tête. Ma m'man voulait que je joue au football. Elle souhaitait que j'aie une bourse pour aller à l'université. Son but ultime, c'était que je devienne professionnel. Alors, elle m'a traîné à des entraînements de football dès qu'elle pouvait. Elle a cramé le peu d'argent qu'elle avait dans ce qu'elle pensait être la priorité. Je pense avoir commencé à jouer vers cinq ans, crois-le ou non.

— Et ton père ?

— Pas de père, répondit-il en passant ses doigts sur les épaules d'Ève et embrassant sa nuque.

— Tout le monde a un père.

— Non. Tout le monde a un géniteur, un donneur de sperme. Tous les géniteurs ne sont pas des pères.

— Tu ne l'as jamais rencontré ?

— Non.

— Est-ce que tu le souhaiterais ?

— Non. Je pensais qu'une fois que je serais devenu professionnel, il rappliquerait pour s'attribuer un peu de gloire. Sans oublier l'argent. Mais il ne l'a pas fait. Ma m'man m'a dit qu'il avait sûrement dû oublier qui elle était et ne ferait jamais le rapport.

— Pourquoi tu dis « m'man » ?

— Vieille habitude. Dure à casser. C'est courant dans le ghetto d'appeler sa mère *m'man*. Je ne sais pas du tout pourquoi. J'ai essayé de laisser l'ancien jargon derrière moi. Certains trucs m'échappent encore.

Ève se décala sur ses genoux en sentant sa bite remuer.

— Comme ma queue qui veut s'échapper maintenant, commenta-t-il en remontant sa cuisse du bout des doigts et les glissant sous sa robe d'été. Et se faufiler en toi.

Ève leva les yeux, puis regarda vers la plage. Il n'y avait aucun signe de Cole. Il n'y avait aucune trace de quiconque à l'horizon.

— Ici ?

— Ouais. Ici. Tout de suite. Pourquoi pas ?

— Pas de préservatif ? demanda-t-elle, se retournant pour lui faire face et que ses jambes enfourchent les siennes.

— Non. À moins que tu ne prennes pas la pilule.

— Je la prends. Mais...

Il l'embrassa, interrompant son débit de paroles. Il passa sa langue à l'intérieur de sa bouche, le long de ses dents. Il lécha sa lèvre inférieure avant de l'aspirer.

— Est-ce que tu t'es testée ?

— Non, je n'ai aucune raison de le faire. Je n'ai rien fait depuis mon mari.

Un air traversa le visage de Ren et elle réalisa que son mari serait un sujet futur de conversation d'ici peu. Ren voulait plus de réponses que ce qu'elle lui avait donné jusqu'à maintenant. Et Cole aussi. Ils avaient été patients, mais...

— Je n'ai rien fait, à part avec toi depuis la dernière fois que je me suis fait tester.

— À part Cole.

— Oui, accorda-t-il en faisant une moue. Mais on a utilisé un préservatif. Il se fait tester régulièrement en plus. Ça, je sais.

— Pourquoi vous vous faites tester ? Vous fréquentez autant de femmes que ça ?

— Moi, oui. Dans le passé.

— Tu n'utilises pas de protection ?

— Si, tout le temps.

Elle se rappela avoir lu quelque chose sur les tests de paternité qu'on lui avait ordonné de réaliser à plusieurs occasions. La presse à scandales admettait toujours sa bonne volonté à les effectuer. Très certainement parce qu'il était sûr de ne pas avoir engendré d'enfant. C'était donc probablement vrai qu'il utilisait tout le temps une protection. Sa mère n'avait apparemment pas élevé un imbécile, mais...

— Alors, pourquoi s'en passer avec moi ? demanda-t-elle.

Sa question reflétait sa surprise. Pourquoi maintenant ? Pourquoi elle ?

— Oui, je veux te baiser sans qu'il y ait de truc qui nous sépare. Je veux sentir ta chaleur, ta moiteur, directement sur ma peau. Si tu n'es pas sûre, je vais chercher un préservatif. Je souhaite que tu sois à l'aise.

Elle mâchonna sa lèvre. Son intention était d'être dans une relation à long terme avec Cole et Ren. Elle supposait donc qu'ils finiraient éventuellement par arrêter d'utiliser des préservatifs. Et elle *prenait* la pilule, mais tout de même...

— Est-ce que tu prévois de coucher avec quelqu'un d'autre que Cole ou moi ? lui demanda-t-il.

— Non, répondit-elle, puis elle lui retourna la question. Est-ce que *tu* prévois de coucher avec quelqu'un d'autre que Cole ou moi ?

Il rit et secoua la tête. Les yeux d'Ève surprirent la lueur de ses boucles d'oreilles en diamant.

— Non, madame.

— Bonne réponse. Laisse-moi enlever ma culotte.

— Je savais que j'aimais cette petite robe d'été pour une raison, à part tes jambes galbées. Et tes épaules tachetées.

Elle lui fit un grand sourire et se leva assez pour retirer sa culotte d'une de ses jambes. Elle tomba sur la cheville de l'autre. Elle la balança d'un coup de pied, mais son orteil s'accrocha dedans et Ren finit avec sur la tête.

Ils rirent tous les deux, et il jeta le sous-vêtement sur le côté.

— Maintenant, sors ta bite. Je veux la monter comme un cheval sauvage.

Proposition osée

— Oh, oui madame, dit-il avec un mauvais accent du Midwest. Je me ferai un plaisir de vous satisfaire.

Quand Cole apparut en haut des marches, Ren et Ève étaient chacun installés sur des chaises séparées. La seule connexion entre eux était leurs mains liées, pendant entre les transats. Ren prit une longue gorgée sur sa bière alors que Cole s'approchait d'eux.

Le regard de Ren était fixé sur Cole. Elle ne lui en voulait pas. Le sien l'était aussi.

Cole était torse nu, pieds nus, et ne portait qu'un minuscule short de course. Juste un morceau de tissu. Fin et soyeux, le short était collé à ses cuisses musclées et la bosse de son entrejambe. La légère sueur faisait briller son corps, le soleil s'accrochant à ses courbes et ses plats. Ses abdominaux ondulèrent alors qu'il avançait vers eux.

L'envie de lécher la peau salée recouvrant son ventre la força à fermer les cuisses.

— C'était une longue course, dit Ève.

— Ouais, j'ai eu un appel de Dan il y a quelques jours. Il a organisé un tournage publicitaire pour moi le mois prochain.

Il passa sa main sur son abdomen musclé.

— Je dois les faire éclater.

Les yeux d'Ève suivirent le cheminement de ses doigts.

— Tu bronzes assurément depuis qu'on est arrivé ici, dit-elle, un peu essoufflée.

— Une bonne génétique, répondit-il en rigolant.

Cole bougea de manière inattendue derrière Ren, enveloppant ses bras autour du torse de l'autre homme, se penchant pour embrasser sa nuque.

— Arrête ! protesta Ren en s'avançant pour s'extirper des bras de Cole. Je ne suis pas ta meuf. Et t'es suant.

— C'est vrai. Tu n'es pas ma meuf. Et je suis suant.

Il passa à Ève, la levant de sa chaise et la prenant dans ses bras. Ève ne refusa assurément pas son baiser, contrairement à Ren. Mais par contre, elle sursauta à la claque sur son cul. Un petit bruit échappa de ses lèvres.

— Veux baiser ? lui proposa Cole.

Rien de tel qu'aller droit au but. Le regard d'Ève se tourna vers Ren, puis retourna vite sur Cole.

— Quoi ? s'étonna-t-il en fronçant les sourcils et pivotant vers Ren. Vous avez déjà baisé ? Sans moi ?

La chaleur s'éleva dans les joues d'Ève. Elle fit une moue et Ren détourna les yeux.

— Ah, oui.

— J'ai besoin d'une douche, dit Ève en essayant de s'écarter.

— Moi aussi, continua Cole en glissant une mèche de cheveux derrière l'oreille d'Ève. On peut économiser de l'eau et se laver ensemble.

— Non, dit Ren d'une voix tendue.

— Le partage fait partie de tout ça, Renny. Pas de jalousie. On peut baiser entre nous de manière séparée, ou ensemble. On peut même coucher tous les deux, sans Ève. Les dynamiques sont mouvantes, flexibles.

— Ça n'arrivera pas.

Cole fit un bruit, comme s'il n'y croyait pas.

— Ne compte pas là-dessus, le prévint Ren.

Cole secoua la tête.

— Je ne te laisserai pas me baiser.

— Non, répondit Cole, sérieux d'un coup. Non, je sais que je serai le receveur. Je suis conscient que tu n'autoriseras pas un autre homme à être le donneur, à être dominant. Pour l'instant, ça me va.

Cole resta là un moment de plus, attendant quelque chose, n'importe quoi, de la part de Ren. Quand il n'obtint aucune réponse, il attrapa la main d'Ève.

— Si tu me frottes le dos, je laverai le tien ?

Ève sourit à l'image créée dans sa tête par ses mots.

— Ça roule, dit-elle en tendant la main vers Ren, comme une invitation. Tu viens ?

— Non, lâcha Ren, les narines dilatées.

— Tant pis ! rétorqua Cole.

Il fit un grand sourire jusqu'aux oreilles à l'attention de Ren alors qu'il traînait Ève derrière lui. Elle jeta un regard en arrière. Ren était assis dans sa chaise, raide, à fixer le rivage.

La vapeur de la douche chaude s'envola en volutes dans la chambre. Ren était certain qu'ils faisaient plus que se laver. Les bruits provenant de la chambre l'en informaient déjà. Il s'appuya contre le mur près de la porte ouverte de la salle de bain. Ses poings s'étaient serrés sans qu'il s'en rende compte. Il le détendit, les pressant sur ses cuisses pour sécher la moiteur.

Sa poitrine se comprima et il ferma les yeux, soupirant. Il voulait les rejoindre. Son cœur et son corps combattaient son cerveau. Il avait du mal à reconnaître son attirance envers un autre homme. Même si c'était Cole. Sa tête lui disait que c'était mal. Son corps lui affirmait le contraire, l'encourageant à franchir la porte ouverte. À accepter ce qui lui était généreusement proposé.

Cole avait raison. Personne n'avait besoin de savoir. Seuls Cole et Ève. Il leur faisait confiance à tous les deux. Il connaissait Cole depuis assez longtemps pour lui confier sa vie. De son côté, Ève n'avait rien fait pour qu'il doute de remettre sa vie entre ses mains.

Son intention quand il avait décidé de la retrouver ici, à la maison en bord de mer, c'était pour passer plus de temps à s'explorer. Pour découvrir plus de détails sur elle qui avaient attisé sa curiosité. Pour trouver ce qui la faisait vibrer.

Il connaissait déjà assez bien son corps. Durant les dernières semaines, il en avait arpenté chaque recoin. Mais il voulait aussi apprendre à connaître son esprit. Elle était intelligente, ce qui la rendait si sexy à ses yeux. Avec son corps voluptueux, elle était l'équivalent d'un homerun pour lui. Ou plutôt d'un touchdown.

Depuis le départ, il avait des sentiments mitigés à l'idée de la partager avec Cole. Il n'avait jamais partagé une femme auparavant. Si cela avait été quelqu'un d'autre que Cole...

Et il avait *assurément* des sentiments mitigés pour Cole. Il écrasait toujours les sentiments qui cherchaient à monter à la surface.

Mais il ne voulait pas tout foutre en l'air. Il ne voulait pas risquer l'amitié de Cole. Il ne voulait pas perdre Ève. L'idée de perdre un des deux suscitait une vive douleur dans sa poitrine.

Autant qu'il souhaitait croire qu'il devait forcer son attirance pour Cole, ce n'était pas le cas. Il ne souhaitait simplement pas s'avouer à quel point Cole l'attirait. Maintenant qu'il avait regardé l'homme sous cet angle, il désirait Cole autant qu'il désirait Ève. Quand son ami avait traversé la terrasse presque nu après sa course... Ève avait raison, Cole était un bel homme.

Voulait-il résister à cette réaction ? Bien sûr ! Son corps se livrait une lutte acharnée.

Maintenant encore, il bandait en écoutant les soupirs et

les grognements qui provenaient de la salle de bain. Il essaya de se mettre en colère. Mais il en était incapable. *Il n'y parvenait pas.* La colère n'était pas là. Il voulait dire que c'était l'échec. Mais c'était faux, et le penser n'était certainement pas juste pour Cole non plus.

Avec détermination, il se décolla du mur et enleva rapidement ses vêtements. Il entra alors dans la salle de bain embuée.

Il resta là un moment, liant les images aux sons qu'il entendait. Ils étaient dans un coin de la grande douche en verre, la joue et les paumes d'Ève plaquées sur la paroi carrelée, Cole pressé contre elle de derrière. L'étendue de ses épaules et de son dos donna des difficultés à Ren pour la voir. Le corps de Cole cachait presque entièrement le sien. Aucun des deux ne l'avait encore aperçu.

Une envie explosa en Ren. L'excitation, du désir, un besoin. Cela s'installa au fond de lui, durcissant davantage sa bite, resserrant encore plus ses boules.

Il ouvrit discrètement la porte de la douche et entra, le jet chaud coulant sur son visage, son torse, son dos, jusqu'à la fente de son cul. Il cligna des yeux pour dégager l'eau.

Il tendit timidement la main, ses doigts tâtonnant le corps de Cole, son dos et la ferme courbe de son derrière.

— Il était temps, lâcha Cole en tournant la tête pour lui faire un sourire.

Ren se retrouva à rougir. Vraiment rougir. Il n'était pas gêné par ce qui allait se passer, mais de la façon dont il avait réagi, dont il avait résisté.

— J'ai été un crétin.

— Mais t'es là maintenant.

Ren se mit derrière Cole pour poser sa bouche à l'endroit où sa mâchoire croisait son cou. Il passa ses bras autour de son ami, ses mains cherchant aveuglément la taille d'Ève. Il fit dériver ses doigts sur son ventre pour trouver sa butte. Il décala alors la main de Cole de son clitoris et y prit sa place. Il sépara les plis chauds, découvrant la chatte d'Ève étirée, remplie par la bite de Cole. Ses doigts s'attardèrent sur la longueur de Cole pendant que l'autre homme glissait en elle. Ren titilla le clitoris d'Ève et elle cria en réponse.

La verge dure de Ren était pressée contre le cul ferme de Cole. Ses muscles fessiers se contractèrent contre Ren alors que son ami inclinait ses hanches pour baiser Ève.

Il lutta contre l'envie de séparer ces fesses et de s'insérer au fond de lui. Il n'avait pas de lubrifiant et celui que Cole avait amené était soluble dans l'eau, ce qui ne leur serait d'aucune utilité.

Il repéra le savon liquide et en aspergea ses mains. Il en recouvrit sa queue, puis la logea entre les fesses de Cole. Il ne le pénétra pas, mais se lova parfaitement entre. Le savon enduisait suffisamment leurs peaux pour qu'à chaque mouvement des hanches de Cole, la bite de Ren dérape dans la fente de l'autre homme.

Ren fit sombrer ses dents dans le muscle cordé de l'épaule de Cole alors qu'il le bousculait. Ses bras se serrèrent autour de Cole, ses mains jouant avec le clitoris d'Ève. Les cheveux mouillés de la femme couvraient son visage, mais ses gémissements étaient puissants et nets. Des bruits qui le rendirent fou. Il s'imagina la pilonner profondément, la remplir, sentir sa chaleur, ses jus sur toute sa bite.

Cole arqua son dos quand Ren le mordit plus fort.

— Oh, bon sang ! grogna Cole. Oui !

Ren atténua avec sa langue les marques de dents qu'il avait faites. Il était proche. Ses doigts remuèrent de manière incontrôlée sur le clitoris d'Ève. Il enfonça ses dents dans l'autre épaule de Cole. Ren se sentit gonfler encore plus avant de se crisper et de se décharger sur le dos de Cole. Les filins soyeux de sperme furent rapidement rincés par l'eau apaisante.

Cole frémit, s'injecta une fois, deux fois, et à la troisième, il cria.

Ève s'appuya contre les doigts de Ren, la faisant hurler aussi.

— Je viens, s'exclama-t-elle.

Ren leva la main pour tordre son téton alors qu'il titillait plus ardemment son clitoris avec son pouce. Elle fut secouée sous ses doigts, sous le corps flasque de Cole.

— Elle vient de jaillir sur moi, dit faiblement Cole. J'adore ça.

Chapitre Douze

Le brasier crépita et craqua. Ils étaient assis autour, envoûtés par les flammes. Le silence entre eux était serein. Le fracas des vagues créait un bruit reposant en dehors du cercle de la lueur du feu.

C'était comme s'ils méditaient tous les trois, absorbant l'énergie paisible des uns et des autres, sans dire un mot. Les paroles n'étaient pas nécessaires puisqu'une impression de bonheur et de satisfaction les enveloppait.

Un oiseau caché croassa alors qu'il volait au-dessus de leurs têtes, dans l'obscurité, rompant le silence.

— Je ne veux pas que ça prenne fin.

Ève n'avait pas réalisé l'avoir dit tout haut jusqu'à ce que les gars gigotent tous les deux à leurs places.

— Est-ce que ton amie ne va pas nous virer bientôt ? lui demanda Ren. Je ne souhaiterais pas abuser. Ce serait sympa de pouvoir revenir dans cet endroit.

— Je...

Sa voix se brisa et Ève éclaircit sa gorge.

— J'ai une confession à faire.

Elle était contente que la lueur du feu cache la rougeur de ses joues.

— Quoi ? demandèrent les deux hommes en même temps.

Ils s'échangèrent des coups d'œil avant de la regarder à nouveau. Ren plissa les yeux en scrutant le visage d'Ève. Celui de Cole arborait une expression tranquille, comme si rien de ce qu'elle pouvait dire ne le surprendrait.

— J'aurais dû le dire plutôt... Mais je ne pensais pas vraiment que ce soit important.

— Ève, crache le morceau avant que je te mette sur mes genoux et que je te fesse, dit Ren, puis il rit. Bon sang ! Ça a l'air si tentant que je pourrais bien le faire quand même.

— Ne me taquine pas si tu ne vas pas jusqu'au bout, rétorqua Ève en levant les yeux au ciel.

— Oooooh, je pense que c'est un défi, frangin, plaisanta Cole en tapant son genou.

— T'aimerais ? l'interrogea Ren en remontant les sourcils.

Ève mordit sa lèvre inférieure et haussa une épaule.

— Du moment que tu ne me fais pas mal.

Mais c'était inutile de le préciser. Ren ne lui ferait jamais de mal, mais plutôt lui donnerait du plaisir.

— Seigneur ! s'exclama Ren en frottant ses mains. Je suis impatient de voir ton cul rosir sous mes fessées.

L'idée qu'un d'eux la punisse gentiment, faisant rougir et picoter la peau de son derrière, envoya un frisson jusqu'aux orteils d'Ève. Sa chatte se contracta.

Elle se mise debout pour s'approcher de lui.

— Non, dit Ren en la stoppant d'une main. Assieds-toi. On souhaite d'abord entendre ta confession. Bien essayé pour nous distraire, par contre.

Avec un soupir, elle se réinstalla à sa place, en face d'eux et du feu. Par où commencer...

— Ce n'est pas si grave. Je veux juste qu'on soit toujours honnête les uns avec les autres.

— L'honnêteté est bénéfique, confirma Cole en hochant la tête.

— L'honnêteté est nécessaire, tout comme la confiance, reprit Ren en jetant un coup d'œil à son ami.

Ève savait qu'il ne disait pas cela que pour elle, mais aussi pour Cole. L'honnêteté et la confiance étaient les deux piliers de toute relation saine, qu'elle implique deux partenaires ou plus.

— Tu peux tout nous dire, insista Cole.

— Je suis d'accord. Je...

Les deux hommes se penchèrent dans leurs chaises, comme s'ils étaient impatients d'entendre ce présumé Graal des secrets.

— En fait, je possède cette maison.

Comme s'ils étaient synchronisés, ils se remirent tous les deux dans leurs sièges, le plastique des chaises Adirondack grinçant sous leurs poids.

— Quoi ?

— Attends une minute ! Tu n'as pas de voiture, tu as un minuscule pavillon en banlieue, mais ça... Tu possèdes cette maison au bord de la plage ?

Ren sembla un peu indigné.

— C'est mon petit plaisir coupable... Enfin, en plus de vous deux.

Cole lui fit un clin d'œil, lécha le bout de son index avant de dessiner un *1* en l'air.

— Un point pour toi, pour ce dernier commentaire.

— T'es rentière ou quoi ?

Il y eut une pointe de colère entourant la question, presque comme si Ren se hérissait à l'idée qu'elle vienne d'un milieu aisé. Surtout quand il avait dû travailler si dur pour réussir. Rien ne lui avait été donné dans la vie.

Mais elle était elle-même la fille d'un mécanicien et d'une serveuse. Ses parents avaient été des bosseurs.

— Non, pas du tout, gloussa Ève en essayant de détendre l'atmosphère.

— Alors comment ? Tu m'as juste dit que t'étais au conseil d'administration et que tu faisais du bénévolat pour Des Maisons pour les réfugiés. Aux dernières nouvelles, le bénévolat ne rapporte pas grand-chose. En fait, ça ne paye pas du tout.

— C'est correct, répondit-elle à Ren.

— Alors, tu es aisée individuellement et tu ne voulais pas qu'on le sache ? demanda Ren, de la surprise dans sa voix.

— Non, ce n'était pas un truc du genre. Je pensais juste que ce n'était pas essentiel de vous révéler comment je peux me permettre d'acheter une maison pareille sur la plage.

— Jusqu'à ce que t'y sois forcée, ajouta Ren.

— Je n'avais pas forcément à le faire. J'ai choisi de vous le dire.

— Sérieusement, lâcha Ren dont les coins de la bouche se baissèrent.

Elle n'aurait peut-être pas dû le formuler de cette façon.

— Eh bien, puisque tu vides ton sac, dis-nous pourquoi tu portes toujours ton alliance. Est-ce que c'est en lien avec cette maison ? lui demanda Cole.

Elle observa tranquillement Ren se lever et jeter un autre morceau de bois dans le feu. Il crépita et éclata avant de se poser.

Ren laissa sortir un soupir impatient.

— Bon sang ! Ève arrête de me torturer... de *nous* torturer. Viens-en aux faits.

— Les faits...

Elle le regarda droit dans les yeux. L'expression de Ren était dure et semblait un peu plus sinistre avec le reflet des flammes.

— La vérité c'est que j'étais mariée. Mon mari a été tué.

— Bordel, lâcha Cole en sombrant sur sa chaise.

— Explique, dit Ren en se rapprochant d'elle.

Il s'agenouilla près d'elle et posa une main sur sa cuisse.

Ce contact la conforta un peu. Elle mit une main sur la sienne et pressa ses doigts. Elle se sentait toujours mieux quand un d'eux la touchait, se connectait à elle. Elle était sur le point de leur révéler quelque chose qu'elle n'aimait pas évoquer. Quelque chose qu'elle tentait ardemment de ne pas laisser consumer sa vie.

Bien qu'ils ne le réalisent pas, c'était cela... C'était pour *cela* qu'elle ne leur avait pas dit qu'elle possédait la maison. Elle n'était pas prête à partager les réponses aux questions qui suivraient. Ce n'était pas parce qu'elle ne leur faisait pas confiance, pas parce qu'elle pensait que cela ne les regardait pas. Mais chaque fois qu'elle en parlait, elle avait l'impression de rouvrir une blessure purulente.

— Mon mari était médecin...

— Un docteur alors, dit Ren. Ça explique l'argent.

— Non, répondit-elle doucement. On n'avait pas d'argent. Mais il y avait des assurances vie. Je n'en connaissais qu'une. On en avait chacun une. Apparemment, il en avait d'autres dont je n'étais pas au courant avant qu'un avocat spécialisé me contacte.

Elle entendit le hic dans sa voix.

— Je suppose qu'il était inquiet pour moi. Il se souciait de ce qui m'arriverait s'il était tué dans l'un des pays dans lesquels il travaillait quand il était à l'étranger avec Médecins Sans Frontières. Certains sont dans le chaos, et il finissait toujours par être envoyé dans ce genre de pays. Où on avait le plus besoin de lui. Mais le plus drôle, c'est qu'il a survécu à toutes ces campagnes. Il rentrait fatigué physiquement et émotionnellement, mais il est toujours revenu à la maison. Une nuit, il sortait d'une garde à l'hôpital. Il était sur la nationale 90 quand il a vu une voiture rangée sur le bas-côté. Il y avait eu un accident. Un délit de fuite apparemment parce que le véhicule qui l'avait percutée était parti. La conductrice était enceinte et seule. Elle était pliée en deux devant sa voiture. Les urgences n'étaient pas encore arrivées. La neige était...

Ren la ramassa de sa chaise et s'assit alors qu'elle était blottie dans ses bras. Il embrassa son épaule.

Des larmes brûlaient les yeux d'Ève. Elle n'avait pas parlé de ce jour depuis si longtemps. Elle le gardait enfoui au fond d'elle.

— Il devait l'aider. Il le devait. C'était sa nature. Il ne laisserait, ne pouvait pas passer devant quelqu'un qui avait besoin d'assistance médicale. Il s'est donc arrêté. Il l'aidait quand un autre véhicule a dérapé sur la route glissante, percutant la voiture de la dame avant de les écraser tous les deux. Ils sont morts.

Elle voulut leur dire que cela n'avait pas été sur le coup, qu'ils avaient tous les deux souffert de blessures fatales auxquelles ils avaient succombé. Que même le bébé n'avait pas survécu. Mais les mots ne passèrent pas ses lèvres. Elle ferma les yeux. La vision de la scène qu'elle eut dans son esprit fut une nouvelle fois fraîche. Son estomac était douloureusement noué.

Une larme coula sur le visage d'Ève et Ren la recueillit avec ses lèvres.

— Aussi horrible que ce soit, j'aurais aimé qu'il ne s'arrête pas, chuchota-t-elle. Il me manque, mon Dieu !

Elle agrippa les mains de Ren pour se donner de la force,

pour s'empêcher de sangloter, de hoqueter. Elle ne voulait pas s'effondrer devant eux. Elle s'était écroulée trop de fois dans les mois qui avaient suivi la mort de son mari. Un jour, après avoir acheté la maison en bord de plage, elle avait répandu ses cendres sur le rivage et dans l'écume. Quand elle avait fermé l'urne, elle avait aussi scellé son chagrin, ignorant le vide à l'intérieur.

Cole se mit derrière eux et passa ses bras autour d'eux.

— Je suis désolé, murmura-t-il en embrassant ses cheveux.

Ève prit la mâchoire de Cole et lui fit un sourire triste.

— Maintenant, je comprends pourquoi tu ne voulais pas en parler, dit Ren en frottant le dos d'Ève d'un air absent.

Elle avait aimé son mari. Elle l'aimait toujours. Mais les hommes enroulés autour d'elle à présent, tentant d'apaiser son chagrin, sa souffrance, commençaient à combler l'espace de son cœur qui était vide depuis qu'elle avait perdu son mari.

La passion, les conversations intenses, les sottises, l'importance d'avoir un autre être majeur dans sa vie lui manquait. La plénitude.

Elle n'avait jamais pensé qu'un homme pourrait prendre la place de son mari. Jamais. Au fond de sa tête, c'était peut-être la raison pour laquelle elle avait cru devoir en trouver deux. La complétude de la relation entre Quinn, Ty et Logan était devenue un réel objectif pour elle. Elle avait été envieuse.

Mais si elle était honnête avec elle-même, chacun des deux hommes qui la tenaient arrivait à la cheville de son mari. Chacun aurait pu lui donner le sentiment d'être entière. Elle n'avait pas besoin des deux.

Mais elle les désirait tous les deux. Égoïste ou non, elle réalisait maintenant qu'elle ne pourrait laisser aucun des deux partir, même si elle ne les connaissait que depuis des semaines, pas plus de quelques mois. Elle ne voulait pas vivre sans l'un d'eux.

Ils étaient à elle. Elle était à eux.

D'une manière cosmique, ils étaient faits pour être ensemble. Tous les trois.

Commençait-elle à les aimer ?

Oui, elle pensait que c'était le cas.

Chapitre Treize

Personne n'avait pensé à clore les volets la veille, alors le soleil matinal illumina la pièce bien trop vivement à leur goût. Mais aucun d'eux ne voulut bouger pour les fermer.

Du coup, pour éviter l'éclat dans leurs yeux, ils étaient étendus sur leurs flancs droits pour échapper aux grandes fenêtres, comme trois cuillères rangées dans un tiroir à couvert. Cole, Ève et Ren.

Le bras de Ren était détendu et chaud alors qu'il était drapé sur les côtes d'Ève. Elle sentait à peine le mouvement de ses muscles sous sa peau ébène.

Ses longs doigts déviaient sur la hanche de Cole, puis vers sa taille, avant de s'arrêter en haut de sa cage thoracique. C'était comme caresser distraitement un chat. Apaisant.

— Tu sais que ce n'est pas moi que tu touches, n'est-ce pas ? chuchota Ève en tournant légèrement sa tête.

Une petite bouffée chaude picota sa nuque.

— Je sais.

— T'aimes bien le toucher, non ?

Aucune réponse n'était nécessaire. La preuve de son

plaisir était lovée contre ses fesses. Elle gigota pour se mettre plus près de la chaleur et la dureté.

Ève plaça sa main gauche sur celle de Ren et entremêla leurs doigts. Alors qu'il caressait la peau de Cole, elle le fit aussi.

Un profond soupir s'échappa de la bouche de Cole, provoquant le soulèvement et l'affaissement de ses côtes. Il était réveillé. Depuis combien de temps ? Elle l'ignorait. Mais aucune plainte n'avait franchi ses lèvres à propos des caresses de Ren. Il ne devrait pas y en avoir non plus. Ève savait à quel point tout ceci le rendait heureux. Elle se demandait si Ren s'en rendait compte.

Le dos de Cole s'arqua assez pour se presser contre ses seins, faisant durcir ses tétons. Si elle retournait Cole, elle pariait que ses tétons ne seraient pas les seules choses raides.

Ren avait dû avoir la même réflexion puisque sa main franchit la hanche de Cole, emportant la main d'Ève avec la sienne.

Tous les deux, leurs mains enlacées, découvrirent la rigidité de leur amant. Ils tâtèrent la chaleur et la douceur de la peau de ses couilles et dérivèrent jusqu'à la dureté de sa bite. Ils firent des allers-retours entre la base de ses bourses jusqu'au bout de sa verge.

À l'extrémité, le pouce d'Ève recueillit une goutte de précum et elle l'étala sur la tête avant que la main de Ren la force à retourner vers la base. Ève sentit le grognement de Cole avant de l'entendre. La vibration de son corps contre elle fit encore plus durcir ses tétons.

Ève pressa ses lèvres dans le cou de Cole, lui faisant un baiser chaste, suivi par sa langue, avant d'enfoncer ses dents dans sa chair.

— Putain !

Ce long week-end avait montré à Ève à quel point elle

aimait être mordue et à quel point elle aimait mordre. Mais Cole aimait encore plus cela. Il ne se lassait pas que Ren ou elle fassent sombrer leurs dents dans sa peau. Il avait dit que les marques créées lui donnaient l'impression d'être pris. Possédé. Détenu même.

Elle sourit dans sa nuque, puis aspira avidement. S'écartant légèrement, elle put voir le petit cercle rose humide qu'elle avait laissé. Elle fit une moue et souffla, provoquant la chair de poule sur le corps de Cole.

Elle se blottit dans le creux de son cou alors que Ren et elle le caressaient. Un rythme qui avait un objectif, un but.

Ren se pressa plus fort contre elle, se décalant assez pour se glisser entre ses jambes, sa verge coincée entre ses cuisses et sa chatte. Les orteils d'Ève se retroussèrent alors qu'un fil de désir s'élevait dans son corps. Ce fut à son tour de grogner.

Le bras de Ren se serra autour de sa taille alors que sa main compressait la bite de Cole. Ève pétrit ses fesses contre Ren, lui faisant de la place.

Avec une lente propulsion en profondeur, il remplit sa chatte humide et palpitante. Un cri de surprise lui échappa, son souffle chatouillant l'oreille de Cole.

Les hanches de Ren accélérèrent la cadence de sa main. À chaque coup qu'il faisait pour aller au fond d'elle, sa main le reproduisait sur le membre de Cole. Les doigts d'Ève tremblèrent autour des siens.

Ce n'était pas un besoin frénétique, mais une danse au ralenti. Les muscles des deux hommes étaient contractés, groupés, tentant de garder un semblant de contrôle.

Les yeux d'Ève papillonnèrent alors qu'elle se concentrait sur les caresses de la queue de Ren dans sa chatte et sa main sur la bite de Cole. Elle passa le haut de sa jambe sur Cole, le rapprochant encore plus d'eux.

Elle put sentir l'excitation s'élevait en elle, enflammant son corps. Elle était proche.

Cole se tendit contre elle avec un souffle frémissant. Il était près.

Ren augmenta le rythme pour eux trois, frottant plus vite. Ses hanches, sa main.

Avec un cri aigu, Cole s'ébranla et se soulagea. Les contractions sous les doigts d'Ève furent tout ce qu'il lui fallut, et sa chatte se resserra autour de la verge de Ren alors qu'ils jouissaient à l'unisson. Ren étouffa un juron dans le dos d'Ève, ses doigts tressaillant encore sur la bite épuisée de Cole.

Les muscles détendus, les respirations ralentirent, mais aucun mot ne fut formulé. Ils apprécièrent ensemble le soulèvement et l'affaissement de leurs respirations. Une connexion qu'aucun d'eux ne souhaitait être le premier à briser.

Ève savait qu'elle voulait plus de ceci. Plus d'eux deux.

Elle se lova plus entre eux. C'était là qu'était sa place, pensa-t-elle avant de se rendormir.

Chapitre Quatorze

Ren faisait les cent pas dans sa chambre. Cette énorme pièce ressemblait maintenant à une cellule. Il ne pouvait pas dormir. Il était agité et voulait hurler sa frustration. Sa maison était trop calme et son lit trop vide. Cela n'avait jamais été un problème auparavant. Mais à présent... Après avoir passé des jours à la maison en bord de plage avec Ève et Cole, il ne pouvait plus supporter le silence, l'idée que chacun soit parti de son côté. Même si c'était pour une nuit ou deux.

Et jamais il ne s'était senti aussi seul avant.

L'idée suggérée en se séparant, que tout le monde rentre chez lui et s'occupe de ses affaires, rattrape ses responsabilités, était nulle. Il râla. Évidemment, cela avait été *son* idée.

Abruti !

Le vide l'accablait à présent, provoquant une douleur étrange dans sa poitrine.

Il essaya plusieurs fois de s'endormir. C'était futile.

Il devait peut-être descendre et se verser un verre de whisky. Un truc pour le relaxer.

Il déglutit. Il arrêta de déambuler et plaça ses paumes contre le mur, sa tête pendant entre ses bras.

Merde. Qui trompait-il ? Il n'avait pas besoin d'un verre. Il avait besoin d'Ève. Il avait besoin de Cole.

Ils avaient fait cela. *Ils* l'avaient poussé à avoir besoin d'eux. *Ils* l'avaient aspiré, le rendant émotionnellement dépendant.

Quand avait-il ressenti ce type d'attachement par rapport à quelqu'un ?

Enfin, à part sa mère, bien sûr.

Quand était-ce arrivé, bon sang ? *Comment* cela s'était-il produit ?

Avec un juron détonant, il cogne le mur. Le placo se froissa sous son poing, laissant un trou plus grand que sa main. Et il s'en fichait.

Il les aimait.

Il aimait Ève. Il adorait tout chez elle. Son sourire. Ses taches de rousseur. Son intelligence. Son indépendance. Son courage en ayant imaginé un plan pour obtenir ce qu'elle désirait. Et l'avoir réellement exécuté.

Comment pouvait-il ressentir tout cela si vite ?

Il ferma les yeux, inspirant. Ce n'était pas uniquement Ève qu'il aimait...

Il aimait Cole. Pas comme un frère. Pas comme son meilleur ami. Pas comme un coéquipier non plus.

Il aimait Cole pour lui-même, la personne qu'il était.

Merde.

Il l'aimait.

Son ventre se noua.

Soudain, il eut très peur.

Proposition osée

REN SURSAUTA au *ding* de l'ascenseur. À trois heures du matin, il semblait aussi fort qu'une cloche. Le bruissement de la climatisation de l'appartement était l'unique autre bruit dans l'obscurité du penthouse de Cole. Il balança ses chaussures pour qu'il puisse traverser les pièces sans faire de bruit.

La porte de la chambre de Cole était grande ouverte. Quand vous viviez tout seul, il n'y avait aucune raison de la fermer. Aucune intimité nécessaire. Qui partait du principe que quelqu'un arriverait à une heure délirante de la nuit ?

La chambre était noire. La lueur de l'horloge digitale sur la table de nuit illuminait assez le visage de Cole pour que Ren voie qu'il était endormi.

Il pouvait encore s'en aller. Cole ne saurait jamais qu'il avait été là.

Fais demi-tour. Pars maintenant. Repense à tout ça.

Ren regarda la silhouette immobile dans le lit. Cole avait le haut du corps dévêtu, le drap enveloppé autour de ses hanches. Un pied nu et un mollet dépassaient du bas de la literie.

Non. Il devait être honnête avec lui-même. Il devait être honnête avec Cole.

Les doigts tremblants de Ren arrachèrent ses habits. Une fois qu'il fut nu, comme l'homme devant lui, il grimpa dans le lit en faisant attention à ne pas le réveiller.

Apparemment, Cole n'avait pas eu de mal à s'endormir. La bouche de Ren fit une grimace. Non, Ren avait peut-être été le seul à ressentir l'absence ce soir.

Le pauvre cœur de « Bras Long » Landis avait finalement été saccagé.

Cole écouta la douce respiration à côté de lui. Le dos de Ren était pressé contre le sien.

Cole avait dû rejeter les couvertures pendant la nuit puisque la température du corps de Ren était une fournaise. Comment avait-il fait pour ne pas se réveiller plus tôt avec ce brasier à côté de lui ?

Le somnifère qu'il avait pris avant de se coucher avait bien fait son boulot. En fait, peut-être un peu trop. Il ne s'était même pas réveillé quand Ren l'avait rejoint. Comment un homme de la taille de Ren s'introduisait-il discrètement dans son lit... Cole secoua la tête. Il n'avalerait plus ces somnifères avant un long moment.

Le regard de Cole parcourut le corps exposé de Ren endormi. Bien que la pièce fût sombre, les yeux de Cole s'ajustèrent suffisamment pour voir la silhouette noire étendue à côté de lui.

Il tendit la main pour passer ses doigts sur la hanche nue de Ren. Celui-ci fit un grognement assoupi et se blottit plus profondément dans l'oreiller.

Il toucha les cheveux de Ren. Les tresses africaines lui manquaient, mais il ne pouvait pas trop se plaindre de la coupe en brosse qu'il avait maintenant. Ren était aussi beau avec son nouveau style, si ce n'est plus.

Il ignorait pourquoi Ren était venu au milieu de la nuit. Mais il pouvait le deviner. Ren avait aussi manqué à Cole.

Il avait fortement exprimé son opinion quand Ren avait suggéré qu'ils rentrent tous chez eux, au moins pour une nuit. Ève avait eu le même sentiment que Cole, de la déception. Mais pour faire des concessions, Ève avait dit à Cole qu'elle le verrait dans un jour ou deux. Alors, il respectait cette décision. Il acceptait le fait que Ren ait besoin de temps seul pour démêler plusieurs choses dans sa tête. Ève avait aussi proposé à Ren d'appeler Ty. D'avoir des conseils, de l'aide.

Le long week-end avait été un tournant. Pas uniquement pour Ren, mais pour eux trois.

Cole ne pouvait pas en être plus heureux. Ève ne pouvait pas être plus contente. Maintenant, si seulement celui-là arrêtait de stresser...

Il passa un doigt sur le tatouage des Bulldogs, au niveau du biceps de Ren. Frères pour la vie.

Si Cole et Ève obtenaient ce qu'ils désiraient, des partenaires pour la vie.

Ève avait tenté un miracle, c'était donc à Cole de l'emmener atteindre au bout du terrain.

Et il était bon pour faire des touchdowns.

Ren marmonna dans son sommeil, roulant sur son ventre. Cole ne put résister à faire dévier ses doigts sur la dentelure de sa colonne vertébrale, sur les muscles cordés entourant ses omoplates, sur la courbe du bas de son dos, sur les cavités au-dessus de chaque fesse. Et puis ce cul.

Putain. Ce cul !

— N'y pense même pas, le prévint Ren d'une voix rude.

— Comment je pourrais ne pas l'envisager ? répondit Cole dont le sourire s'élargit. Surtout quand il traîne devant moi pour me tenter.

Cole se pencha pour mordiller une des joues visibles de Ren.

Ren râla et se mit sur le côté pour faire face à son ami. Il passa le dos de sa main sur ses yeux.

— Tu ne vas pas me demander pourquoi je suis là ?

— Non. Je suis juste content que tu le sois.

Il était si heureux d'avoir donné la carte de sécurité de son penthouse à Ren après avoir acheté l'endroit, même s'il n'avait jamais pensé qu'elle serait utilisée dans ce but.

— Est-ce que t'as parlé à Ty ?

— Non, pas encore, répondit Ren en se redressant et

secouant la tête. Je sais probablement ce qu'il va dire de toute façon.

— Quoi ?

— Que je suis stupide, voilà tout.

— Bébé... Désolé... *Renny,* tu n'es pas stupide.

Ren lui jeta à peine un coup d'œil.

— OK, juste un peu, accorda Cole en se rapprochant et continuant en chuchotant. Embrasse-moi.

— Non, dit Ren en secouant la tête.

— Embrasse-moi, répéta Cole en fixant Ren droit dans les yeux.

— Non.

Cole attrapa la tête de Ren et l'attira dans un baiser. Celui-ci se tendit et essaya sans conviction de s'écarter.

Cole garda ses lèvres plaquées sur les siennes, sa langue titillant la bouche fermée de Ren. Il la passa sur les lèvres fermes et pulpeuses de Ren jusqu'à ce qu'il se détende. Juste un peu. Mais assez pour que Cole en profite, y plonge sa langue et trouve celle de Ren. Pour la taquiner et s'y emmêler. Sa tête s'inclina légèrement, assez pour complètement sceller leurs bouches... Enfin... Finalement, Ren soupira contre les lèvres de Cole. Il ferma les yeux et donna à l'autre ce qu'il désirait. L'abandon.

Ren agrippa l'arrière de la tête de Cole avec une main et son cou avec l'autre. Il prit alors le contrôle, intensifiant leur baiser. Jusqu'à ce qu'ils doivent se reculer suffisamment pour reprendre leurs souffles.

Cole sourit. Les lèvres de Ren étaient luisantes et un peu gonflées. Il s'avança pour un deuxième baiser, mais Ren mit une main sur son torse pour l'arrêter. Eh bien, pensa Cole, cela m'irait aussi de se toucher.

— Dix... Cole, je suis venu hier soir, ce matin, pour une raison.

Proposition osée

— Parce que ça te manquait de palper ce corps sexy ? le taquina-t-il.

— Non. Enfin, si. En quelque sorte. Mais je suis venu ici pour te dire quelque chose.

Cole n'allait pas lui faciliter la tâche.

— T'aurais pu appeler à la place. Mais après ce baiser, je ne me plains pas.

— Non, je devais te le dire en personne, rétorqua Ren en secouant la tête.

— Que tu m'aimes ?

Les yeux de Ren se plissèrent.

Non, Cole n'allait décidément pas le laisser s'en sortir facilement. Pas du tout.

— Bien sûr que je sais que tu m'aimes. Frères pour la vie, mec.

— Non, c'est plus que ça.

— Tu veux avoir mon bébé ? demanda Cole avec un faux air de confusion.

Ren ferma les yeux et prit une profonde inspiration.

— Non, je t'aime *d'amour*. Bordel !

— Oh, du genre tu *m'aimes* vraiment, dit Cole en ravalant un rire.

— Oui.

— Eh bien, je t'aime aussi. Mais tu ne veux pas avoir mon bébé ?

Ren cacha un sourire derrière ses mains.

— T'es putain de taré.

— Vrai. Je suis follement amoureux de toi depuis des années. Il était temps que tu ouvres les yeux.

— Qu'importe, mec. Mais il y a autre chose...

— La réponse est oui ! Oui ! Oui ! Oui !

— Hein ?

— Oui, je vais t'épouser ! cria Cole jusqu'au plafond.

— Tu ne me facilites pas la tâche, commenta Ren en fronçant les sourcils.

— Je sais. C'est le but, crétin. Mais je sais déjà ce que tu vas dire.

— Je veux aussi qu'Ève fasse partie de notre vie.

— Tu vois ? Je le savais. Tu l'aimes aussi.

— Comment est-ce possible d'aimer deux personnes comme ça en même temps ?

Pas une question, plus une incrédulité.

— Facile. Mais si tu as besoin, fais ce que t'a suggéré Ève. Parle à Ty. Demande à Quinn. Demande à Logan. OK, ne demande pas à Logan, ce n'est pas ton plus grand fan.

Cole lutta contre l'envie de commander des ballons, un gâteau, des fleurs et du champagne. Il voulait fêter cela. C'était un moment colossal dans sa vie. Presque aussi important que la victoire au Super Bowl.

Non. C'était encore mieux.

Mais il manquait quelque chose.

— Et pour Ève ? On doit lui dire.

— Appelle-la. Envoie-lui un message. Tout de suite. Fais-la venir ici, insista Ren.

À nouveau avec son comportement autoritaire, Cole constata avec joie.

— C'est l'aube, Renny. Les seules bites qui chantent sont les nôtres. Je vais lui envoyer un message, comme ça quand elle l'aura, elle nous rejoindra. Je vais prévenir le portier qu'on l'attend.

— On ferait mieux de lui dire de se dépêcher.

Ève arriva en trombe dans le penthouse, remerciant chaleureusement le gardien avant que les portes de l'ascenseur se ferment. Lorsqu'elle s'était réveillée ce matin, elle avait trouvé un message urgent de Cole lui demandant de venir aussi vite que possible. Elle était partie si rapidement qu'elle avait même omis d'avaler son indispensable café. Et elle ne faisait pas cela pour n'importe qui.

Alors qu'elle balayait des yeux le penthouse, elle se figea en tendant l'oreille. Mais son cœur continua à battre la chamade en pensant que quelque chose n'allait pas. Le message n'était composé que de quelques mots. Quand elle avait répondu, elle n'avait eu aucune nouvelle.

Pourtant, l'appartement était silencieux.

Attendez. Elle entendait des sons dans la chambre. Cole s'y trouvait. Cela ressemblait à Ren ! Et ils n'étaient assurément pas en train de parler.

Elle poussa la porte.

Cole avait le dos sur le matelas et Ren était au-dessus de lui. Ils n'étaient pas en train de lutter ou se battre. Le seul truc qui n'allait pas dans cette scène, c'était qu'elle était encore complètement habillée et n'était pas au lit avec eux ! Elle allait dire ce qu'elle pensait à Cole. Mais plus tard...

Parce que maintenant...

Elle entra pour avoir une meilleure vue.

À présent, Ren se penchait sur Cole. Les jambes de celui-ci étaient repliées sur son torse et Ren... Ren le pénétrait doucement, oh si lentement.

Un liquide chaud s'accumula dans le centre d'Ève. Sa chatte se contracta. Ce qu'elle voyait l'excitait au plus haut point.

Ren baisait Cole dans la position du missionnaire. Face à face. Il avait une main autour de la bite dure de Cole et le caressait sa longueur tout en le fourrant.

Les genoux d'Ève se dérobèrent presque alors qu'elle observait Ren mener cette lente danse, faisant des allers-retours dans Cole. Il n'y avait aucune colère, juste... De la tendresse. C'était plus sensuel et ils semblèrent avoir une connexion spéciale. Toute la dynamique avait changé. Ce n'était pas que du sexe. Ou même simplement pour avoir le contrôle ou se soulager.

Ren fit un sourire à Ève avant de se pencher davantage pour embrasser Cole.

Eh bien, c'était nouveau. Mais cela la rendait heureuse qu'il paraisse assez à l'aise pour embrasser Cole. Qu'était-il arrivé ? Quand ?

Honnêtement, elle s'en fichait de savoir quand cela s'était passé, du moment que cela se produisait.

Après que Ren ait posé plusieurs fois ses lèvres sur celles de Cole, ce dernier tourna sa tête vers elle et tendit la main.

— Tu vas juste rester là à nous observer ? Ou tu viens nous rejoindre ?

— Je ne sais pas. Vous regarder tous les deux est super excitant !

Mais elle arracha ses habits, les jetant rapidement, balançant sa culotte alors qu'elle grimpait sur le lit pour être avec ses hommes.

Ses hommes.

— Viens t'asseoir sur mon visage.

— Très romantique, rit Ève, mais elle ne refusa certainement pas sa proposition.

Ren se redressa assez pour donner assez de place à Ève pour enfourcher la tête de Cole.

— Tape-moi si je commence à t'étouffer.

Elle descendit ses hanches et Cole fit de la magie. Ève soupira alors qu'il séparait ses plis avec ses doigts, puis trouvait son clitoris avec sa bouche.

Ève et Ren se firent face. La bite de Ren au fond du cul

de Cole pendant qu'Ève bougeait ses hanches au rythme de la langue de Cole.

Ren se pencha pour capturer ses lèvres. Il l'embrassa violemment et fougueusement, explorant sa bouche. Une main caressait toujours la verge de Cole, l'autre tirant sur son téton. Les bouts d'Ève se durcirent et ils se languirent de la bouche de Ren.

Une rapide admiration de la façon dont Ren était coordonné la traversa. Ses doigts, son poing, sa queue, sa bouche s'affairèrent sur Cole et elle jusqu'à ce qu'Ève gémisse et que Cole grogne contre sa fente glissante. La vibration de son grommellement contre son sexe hypersensible l'ébranla et la fit encore plus crier.

Ren tordit son deuxième téton, l'incitant à se broyer sur la bouche de Cole. Celui-ci frappa le matelas avec sa main.

— Je pense qu'il tape, dit Ren, une expression amusée traversant rapidement son visage.

Elle cligna des yeux en entendant les paroles de Ren. Enfin, elle réalisa ce qu'il avait dit. Elle se décala vite sur le côté, laissant Cole inspirer de l'air.

— Merde. Désolée !

Cole lui fit un sourire en coin, ses lèvres brillantes et humides.

— Je suis doué pour retenir mon souffle, mais pas autant.

Ren s'extirpa de Cole, les deux hommes grognant en même temps.

— Mais vous n'avez pas encore joui.

— Toi non plus, lui dit Ren. Ne t'inquiète pas, bébé. On va tous jouir. C'est promis. On va juste changer de disposition.

— En plus, on est tous les deux venus tout à l'heure, en t'attendant, ajouta Cole en faisant un sourire diabolique à Ève.

— Ah bon ? C'est vrai ? Je vois. Maintenant, vous me devez deux orgasmes, les gars.

— Seulement deux ? lui demanda Ren.

— Eh bien, quelques-uns de plus ne feraient pas de mal.

Les deux hommes rirent alors qu'elle leur faisait un sourire suffisant.

Ren arracha son préservatif et en tendit un nouveau à Cole avec la bouteille de lubrifiant à moitié vide.

Cole hocha la tête et sourit.

Que complotaient-ils ?

Ren roula sur le dos et offrit sa main à Ève.

— Grimpe.

Elle se déplaça jusqu'à abaisser son poids contre Ren, enveloppant sa longueur rigide entre ses plis sans le laisser la pénétrer, le faisant simplement glisser entre ses lèvres gonflées. Elle se balança d'avant en arrière, étalant son humidité sur son manche dur. Quand elle arriva au bout du membre, elle s'arrêta pour qu'il soit positionné à son entrée. Juste là. *Juste là.*

— T'es au contrôle, l'informa-t-il. Tu mènes le jeu. *Merde.* N'attends pas trop simplement.

— Et pour Cole ? demanda-t-elle en se tournant vers lui.

Il était à genoux derrière elle, entre les jambes de Ren.

Il leva le préservatif et le lubrifiant.

— Tu te souviens quand je t'ai dit que j'allais baiser ton adorable cul ?

Ève écarquilla les yeux et la panique la parcourut.

Attendez ! Non. Impossible. Elle était incapable de s'imaginer autant étirée avec les deux en elle. Aucun d'eux n'était petit.

Ren prit son derrière à pleines mains, fléchit ses hanches et s'inséra en elle d'un mouvement vers le haut. La tension d'Ève disparut avec un soupir.

Tout cela quand il disait qu'elle était au contrôle.

— Désolé, j'ai vu ton cerveau s'emballer et la panique sur ton visage, lâcha Ren avec les dents serrées. Ça va aller, bébé, je te le promets. N'y réfléchis pas trop.

Elle ne voulait pas du tout y songer. Être sur lui, avec son membre si profondément en elle, elle pouvait ainsi sentir chaque centimètre de sa bite.

Elle poussa un cri de surprise quand il heurta le fond de sa cavité. Il ne pouvait pas aller plus loin. Les doigts de Ren creusèrent la chair de ses hanches, et il l'aida à se soulever et s'affaisser.

— Ne t'inquiète pas, bébé, on va te préparer, murmura Cole dans son oreille en passant un bras devant ses épaules.

Elle entendit ses paroles, mais cela lui prit un moment pour les comprendre. La queue de Ren l'empalait, l'étirant déjà au-delà de ses limites.

Elle baissa les yeux vers lui, ses mains plaquées contre son torse. Les paupières de Ren étaient à moitié descendues, ses narines dilatées, sa mâchoire tendue. Son contrôle était au point de rupture.

— On y va, Cole... Je ne suis qu'humain, tu sais, râla-t-il.

Il attrapa les mains d'Ève et les retira de sous son corps. Elle atterrit alors sur le buste de Ren, ses seins pressés contre lui. Ses tétons se durcirent. Le corps de Ren vibra comme un câble tendu, presque prêt à casser.

Ève entendit le clic du couvercle du lubrifiant derrière elle. Le liquide froid dégoulina sur la fente de ses fesses, s'accumulant autour de son trou étroit, puis dégringolant sur la chair enflammée de sa chatte. La sensation fraîche lui fit actionner ses hanches.

Ren lâcha un souffle saccadé. Il ferma les yeux, sa tête retombant sur l'oreiller.

Ève sentit alors Cole se décaler derrière elle, ses cuisses fermes contre son cul.

Elle se détendit à la pression contre son anus glissant jusqu'à réaliser que ce n'était qu'un doigt, qui caressa le rebord, la taquina.

La dérive du doigt faisait du bien. Cela lui donnait envie d'en avoir plus. Sa chatte se contracta, compressant Ren. Une vague de plaisir la submergea.

Ren fit un bruit, comme s'il allait dire quelque chose, mais il ne fit que serrer les dents et grimacer.

Cole glissa son doigt en elle. Après quelques mouvements, il en introduisit un autre. Ève se sentit étirée et serrée, ainsi qu'une pointe de douleur, mais Cole poursuivit le rythme de ses doigts, synchronisé au va-et-vient des hanches de celle-ci. C'était une sensation étrange, mais... Bonne. Mieux que ce qu'elle avait imaginé.

— C'est comment, bébé ? murmura Cole dans son cou. T'as l'air si étroite. Si bonne. Je veux que tu désires m'avoir en toi. Je veux que tu me supplies.

Ève ouvrit la bouche, mais rien ne sortit. Elle ignorait pouvoir autant apprécier les doigts de Cole au fond de son cul.

Elle arqua légèrement son dos alors que Cole faisait des allers-retours avec ses doigts en elle.

— T'en veux un troisième ?

Ève fit une moue et ne put que hocher la tête.

La pression augmenta, la pointe de douleur vint rapidement et disparut alors que son corps s'ajustait autour de lui. Il était doux, stimulant.

— Est-ce que tu veux m'avoir en toi ? Tu veux que j'aille aussi profond que Renny ? Est-ce que tu désires qu'on te possède en même temps ?

Oui. Mais un autre éclair de panique remonta sa colonne.

Elle hocha la tête.

— Je ne t'ai pas entendu.

Elle hocha à nouveau la tête, car elle avait du mal à former une phrase.

— C'est un oui ?

Putain.

— Oui !

Oui, bon sang !

Elle sentit l'ample bout de sa bite à sa petite entrée. Davantage de lubrifiant jaillit sur elle. Il en aspergea délibérément un peu sur le préservatif qu'il portait.

— Levons-la légèrement, dit-il à Ren.

Celui-ci relâcha les poignets d'Ève qu'il avait retenus si fermement.

Son corps se figea sous elle. Attendant Cole...

Ce dernier passa un bras sous le ventre d'Ève, la soutenant, la maintenant à l'endroit où il voulait qu'elle soit.

Cole se pressa contre elle, testant son étroitesse.

— Détends-toi, chuchota-t-il. Détends-toi, bébé.

Ève ferma les yeux et se força à se relaxer, à se laisser aller, à accepter ce qui allait arriver. Elle était avec deux personnes auxquelles elle faisait confiance. Deux hommes qui ne lui feraient jamais intentionnellement de mal.

Il augmenta la pression, l'ouvrant lentement à lui. Quand la couronne de sa tête franchit celle de son anus, le long soupir de Cole balaya le dos d'Ève.

— Oh, bébé, tu ne sais pas à quel point tu es serrée. Ce que tu me fais.

Il s'enfonça doucement un peu plus. Le corps d'Ève, qui était toujours rempli par Ren, lui résista.

— Oh, merde, Cole. Je te sens contre moi, dit Ren d'une voix grinçante.

— Je sais. Je te sens aussi. On est tous connectés maintenant. On ne fait qu'un.

Ren et Ève crièrent tous les deux alors que Cole progressait davantage.

Ève pensa qu'il ne pouvait pas aller plus loin. C'était impossible qu'il y ait plus d'espace à l'intérieur de son corps.

Il se retira un peu et Ren s'enfonça. Quand Ren recula, Cole prit sa place.

Ève eut l'impression d'être sur le point de s'ébranler. Il y avait un léger inconfort, mais au-delà, se trouvait la sensation de plénitude la plus totale. L'abondance, le sentiment de leur appartenir, tous les deux en même temps.

Le plaisir s'intensifia jusqu'à ce qu'il irradie depuis son cœur, retroussant ses orteils, lui faisant révulser ses yeux.

Sa tête tomba en arrière contre l'épaule de Cole. Ses doigts creusèrent le torse de Ren quand elle ouvrit la bouche. Elle lâcha un long gémissement grave alors qu'ils s'enfonçaient en elle tour à tour.

C'était dingue. C'était trop. Son corps voulut exploser, voler en éclats.

— Bon sang ! Elle m'asperge, dit Ren d'une voix rauque. Cole, je peux vous sentir tous les deux vibrer. Je... Je ne peux plus tenir.

— Tu peux. Tu vas le faire, l'encouragea Cole. Je veux qu'on vienne tous ensemble. Ève, dis-nous quand t'es sur le point de jouir.

L'alternance de leurs mouvements la fit passer par-dessus bord. Mais quand Cole tendit la main pour caresser son clitoris avec son pouce, elle fut complètement détruite.

— Oh, mon Dieu ! Je viens !

Des vagues ondulèrent sur elle, en elle, enveloppant la bite de Ren alors qu'il s'enfonçait une dernière fois et se soulageait au fond d'elle. Cole s'ébranla contre elle, puis à nouveau, laissant tomber son front contre son dos, hurlant un juron, puis un truc incompréhensible.

Un jet de chaleur s'échappa d'elle, coula sur ses cuisses, puis sur le bas ventre de Ren alors qu'il se figeait.

— Elle m'a trempé, dit calmement Ren, mais la satisfaction était nette dans son ton.

— J'adore qu'elle mouille autant, ajouta Cole contre la peau d'Ève avant de soupirer.

— Vous savez que je suis dans la pièce, leur rappela-t-elle.

— Oh, on le sait, lui assura Ren en lui faisant un sourire en coin.

Il paraissait trop fatigué pour faire quoi que ce soit de plus.

— T'es exactement là où tu dois être.

Chapitre Quinze

ÈVE AVAIT sa main autour d'une bonne tasse de café nécessaire et bien méritée. Le soleil était bien assez haut pour que la nourriture qu'avait commandée Cole puisse être considérée comme le brunch, voire le déjeuner.

Ils étaient maintenant affalés sur les transats du balcon qui entourait le penthouse de Cole. Les trois sirotaient leurs cafés d'un air satisfait et fatigué.

La terrasse de la maison en bord de plage lui manquait, mais le domicile de Cole avait une magnifique vue sur la ville.

— Du cooouup...

Elle avait attendu assez longtemps pour aborder le sujet qu'elle souhaitait absolument lancer.

— Je sais qu'on n'en a pas parlé, mais je suppose qu'il y a eu une sorte de confession... Déclaration... Quelque chose du genre entre vous deux avant que j'arrive ici ce matin ?

Ren gigota dans son siège. Cole sourit complaisamment en regardant la tasse de café d'Ève.

— *Euh, allo ?* voulut-elle crier. *Quelqu'un peut cracher le morceau ?*

Mais elle n'en fit rien.

— OK, alors... dit-elle à la place. Qu'est-ce qu'on fait maintenant ?

L'expression de Cole l'informa qu'il savait exactement comment il souhaitait que les choses avancent. Celle de Ren était plus abasourdie, comme s'il n'y avait pas vraiment réfléchi. Il n'avait pensé qu'à l'instant présent.

Il passa une main dans ses cheveux courts. Ève observa plusieurs émotions traverser son visage alors qu'il y songeait.

Ève attendit donc une sorte de révélation. Mais au final, Ren haussa simplement les épaules.

— Je n'en ai aucune idée.

— Eh bien, puisqu'on s'aime tous... annonça Cole.

— C'est vrai ?

Enfin ! C'était pour cela qu'elle avait abordé le sujet en premier lieu.

— Eh bien, oui. C'est clair que...

— Ah bon ? interrompit-elle Cole à nouveau.

Cole souffla et rit.

— Désolé. Ma faute. *Notre* faute. On a un truc à te dire.

— Apparemment, lâcha Ève en croisant les bras et inclinant la tête.

Avec un petit sourire narquois, Ren se déplia de la chaise longue et mit Ève debout. Derrière elle, il passa ses bras autour de son corps pour l'attirer contre son torse.

— Désolé, je crois qu'on a oublié un truc important, dit-il de sa voix grave qui fit vibrer son buste contre le dos d'Ève.

Cole arbora un énorme sourire en les rejoignant. Il se mit en face d'eux deux en se rapprochant, enveloppant ses bras autour de Ren et elle.

Ceci était un câlin collectif, pensa Ève en soupirant,

blottie dans leurs bras. Elle se sentait aimée et en sécurité, et...

Complète.

Mais elle voulait quand même l'entendre.

— Oh, t'as raté ça. Renny m'a déclaré son amour éternel... Qu'il désirait m'épouser et avoir mon bébé... Qu'il ne pouvait pas vivre sans moi... Qu'on est des âmes sœurs... Et il m'a dit que je pouvais l'appeler bébé à partir de maintenant.

— Vraiment, lâcha platement Ève, gardant une expression impassible.

— Oui ! C'était le truc le plus touchant de ma *vie*.

Ève sentit le corps de Cole trembler alors qu'il résistait à son envie de rire. Elle essaya de se tordre dans leurs bras pour voir le visage de Ren. Mais ils la pressèrent plus fort entre eux.

— Ce que Cole voulait dire, c'était... qu'on t'aime.

— Oh.

— Juste « Oh » ? demanda Ren, un peu surpris.

— Eh bien, tu sais. Personne ne désire mon bébé, du coup je me sens un peu exclue.

— Est-ce qu'on peut laisser tomber le sujet du bébé ? râla Ren.

— Avec joie, gloussa Ève. Alors, vous m'aimez tous les deux, hein ?

— Oui, lui assura Ren.

— Et vous vous aimez.

— Ouais. C'est de l'amour *amour*, clarifia Cole en plaisantant.

— En effet, insista Ren, ignorant Cole.

— Bon sang ! J'adore quand un plan se concrétise.

— Ne fais pas l'insolente maintenant, la prévint Ren.

— Pourquoi pas ? J'ai deux hommes maintenant. Quelle chanceuse je suis.

Elle était peut-être enjouée, mais la dernière partie était bien trop vraie. Elle avait réellement de la chance d'avoir non seulement un homme génial, mais deux. Combien de personnes pouvaient dire la même chose ?

La joie l'envahit presque au point d'exploser. Elle avait pris un risque, et il avait payé. Voyez-vous cela ?

— Eh bien ? l'interrogea Ren.

— Eh bien, quoi ? demanda-t-elle en feignant l'ignorance.

— Elle va nous faire attendre, comme on l'a fait, pouffa Cole.

Une sonnette retentit. La nourriture était arrivée.

— Sauvée par le gong, dit-elle.

— Non, protesta Ren. Ne t'avise pas de bouger, Cole.

— Mais notre repas va refroidir, se plaignit Ève. Et j'ai faim !

— Alors, tu ferais mieux de te dépêcher, rétorqua Ren.

— Les bonnes choses prennent du temps.

— Ève... commença Ren en ouvrant la bouche.

— Oui, mon amour ?

Puis, il la ferma.

— Est-ce que je suis ton amour ? lui demanda Ren avec tout le sérieux de la crise cardiaque.

— Oh, absolument.

— Et moi ? réclama Cole.

— Toi aussi, assura-t-elle en lui faisant un grand sourire.

— Mais est-ce que tu nous aimes *d'amour* ? demanda Cole en plaisantant.

— Oui, rit Ève. Je vous aime tous les deux énormément. Vous avez tous les deux capturé mon cœur et rempli le vide à nouveau. Et pour ça, je dois vous remercier.

Elle leva les yeux vers ceux de Cole.

— Je t'aime, Cole.

Proposition osée

Celui-ci lui fit un petit baiser, et relâcha Ren et Ève. Elle se tourna alors dans les bras de Ren pour lui faire face.

— Je t'aime, Ren.

Ren, arborant un grand sourire, la pressa dans ses bras et lui donna un baiser. Il la libéra ensuite à contrecœur.

— Maintenant, est-ce qu'on peut manger ? lança Cole, volant les mots de la bouche d'Ève.

Des boîtes blanches de nourriture chinoise étaient éparpillées sur la table. Ils avaient décidé de manger leur festin dehors puisque le temps était parfait. Et le terme *festin* était un euphémisme. Cole avait commandé assez de nourriture qu'ils étaient déjà tous gavés avant de l'avoir à peine attaqué.

Ève repoussa son assiette. Ren lui avait servi une portion généreuse de moo goo gai pan, et elle avait réussi à tout avaler. Elle était affamée. Mais maintenant que son ventre était plein, elle se réinstalla dans sa chaise avec un soupir satisfait.

Pendant tout le repas, les gars avaient parlé de futurs projets que leur agent sportif avait organisés pour eux. Cole regretta alors d'avoir commandé du chinois puisqu'il finissait toujours ballonné. Il devait perdre de la graisse avant sa prochaine publicité. Selon lui, faire ressortir ses abdos, et tout.

Ève était restée silencieuse en écoutant leur complicité évidente. C'était quelque chose de naturel entre eux. À la maison en bord de plage, elle avait appris qu'ils étaient rapidement devenus amis, dès leur rencontre sur le terrain. Une connexion qui s'était facilement... OK, Ren pourrait débattre de cette facilité... Transformée de meilleurs amis à amants.

Amants. Ève ne s'en remettait toujours pas. Elle se pinça avec discrétion sous la table. Oui, ce n'était pas un rêve. C'était la réalité.

C'était assez concret pour qu'ils doivent prendre certaines décisions. Si elle ne les guidait pas dans cette direction, ils continueraient de palabrer sur le football, sur les publicités et l'exercice physique. Tous les trucs dont parlaient les mecs, jusqu'au dîner.

Elle éclaircit sa gorge pour attirer leur attention.

— Alors... Comme je l'ai demandé tout à l'heure, où on va maintenant ? Où va-t-on habiter ? Bien sûr, je pars du principe qu'on emménage ensemble ?

— Je suppose que c'est la prochaine étape logique. Alors, on va vivre...

Ren s'arrêta un moment, songeur.

— Dans ma maison.

— Chez moi, répondit Cole en même temps.

— Je déteste ce penthouse ! s'exclama Cole.

— Je déteste cette maison sombre et maussade. Et qui possède une maison sans piscine.

Ren pouffa d'incrédulité.

— Je vis sur un lac !

— Ce n'est pas un lac ! C'est un étang sous stéroïdes.

Ève les regarda échanger leurs points de vue comme à un match de ping-pong. Finalement, elle les interrompit.

— Eh bien, ça règle le problème. On vivra chez moi.

Ren fut bouche bée avant de la fermer d'un claquement de dents.

— On ne peut pas vivre dans cette boîte à chaussures. C'est impossible qu...

— Non. Je parlais de la maison en bord de plage. C'est assez spacieux pour nous tous. Je peux vendre ma « boîte à chaussures », comme tu l'appelles.

— Mais c'est si loin de la ville. J'aime être au cœur de l'action, se plaignit Cole.

— Et j'aime avoir un grand garage pour ma collection de voitures.

Ève voulut leur donner à tous les deux des mouchoirs pour toutes leurs larmes, mais elle lança ses mains en l'air à la place.

— Très bien. Je vivrai dans la maison sur la plage. Vous resterez chez vous. Vous pouvez venir me rendre visite.

Ils se turent rapidement. Les gars se regardèrent. Cole se gratta la tête et Ren tira sur sa boucle d'oreille.

— Eh bien... commença Ren.

— Non, dit-elle en haussant les épaules. Je ne veux pas entendre de jérémiades. Soit on vit *tous* ensemble, soit on reste chacun dans son coin.

Cole siffla.

— Bon sang ! Maintenant, on sait qui portera la culotte dans cette relation.

— Prenez des notes, les gars, parce que c'est comme ça que ça se passera. On déménage tous dans la maison en bord de plage. On trouvera un hangar vide ou une vieille conserverie à louer pour que tu puisses stocker tous tes jouets, Ren. On gardera le domicile de Cole en ville, au cas où l'on veuille y rester la nuit pour un spectacle, un dîner ou autre.

— Ou si l'un de nous a besoin d'une pause.

— Ça aussi.

— J'adore cette maison, dit Ren pensivement.

Ève lui jeta un coup d'œil et leva un sourcil.

— Qu'est-ce que tu aimes le plus ? Cole et moi ? Ou ta maison ?

Ren prétendit réfléchir intensément à la réponse.

— Je veux être avec vous deux. Je me rends bien compte que ce n'est pas comparable. C'est une maison. Vivre avec vous deux créera un foyer de n'importe quel endroit. Je serai heureux, qu'importe où l'on sera. Du moment qu'on est ensemble.

Cole se retourna et mit un bras autour du torse de Ren, son menton sur l'épaule de celui-ci.

— Oooooh. C'est mignon. T'es le plus adorable !

— Arrête, lui dit Ren en secouant la tête et s'écartant.

Ève fit une moue, ravalant le rire qui voulait s'échapper.

— Cole essaie peut-être de t'énerver, Ren, mais il a raison. C'était vraiment mignon.

Cole claqua ses doigts et se requinqua.

— On doit déclarer notre amour à toute la ville.

— Comme une conférence de presse ? demanda Ren en fronçant les sourcils.

— Non. Maintenant. Tout de suite. Le hurler au monde entier. Venez à la rambarde.

Ève haussa un sourcil en le regardant. Elle n'était pas une fan des hauteurs. S'approcher trop de la balustrade du balcon, qui était au dernier étage, n'était pas sur sa liste de choses à faire prochainement.

— T'as perdu la raison ? Personne n'entendra, dit Ren en secouant la tête.

— On l'entendra. Enfin, nous et les pigeons. Et peut-être certains voisins en dessous.

Cole tendit sa main à Ève.

Elle se figea. Son regard ricocha entre la main et le bord du balcon.

Ren s'approcha et frotta le dos d'Ève.

— Cole, elle vient de blanchir et devient maintenant verte. Je pense qu'on va s'abstenir de faire cette annonce.

Cole haussa les épaules et se tourna vers la ville. Il plaqua sa main droite sur son cœur, jeta son bras gauche vers le ciel et renversa sa tête en arrière.

Ève ignorait s'il allait entonner une chanson ou citer Shakespeare.

— Le monde est mon huitre et je suis trop affamé pour n'en manger qu'une, croassa-t-il.

Ren rit et secoua la tête.

— Bon sang, Dix ! C'était juste... Mauvais à tant de niveaux.

Quand Cole s'écarta de la rambarde pour aider à débarrasser la table, Ève lâcha un soupir soulagé.

— Je pense qu'on est les huitres, dit Ève à Ren.

Elle rassembla les contenants vides et tapota l'épaule de Cole alors qu'elle rentrait à l'intérieur à ses côtés.

— Tiens-t'en au football. Malheureusement, tu ne seras jamais tragédien.

— Hé ! protesta Cole en se pressant derrière elle. Je peux jouer ! J'ai fait plein de publicités.

Ren le suivit à l'intérieur, ses mains remplies d'assiettes et de couverts.

— T'étais là juste pour être l'armoire à glace.

— Un jour, je pourrais être dans une téléréalité comme toi.

— Je ne le souhaiterais à personne, répondit Ren en le regardant d'un air sérieux. C'était pitoyable.

Ève était pressée d'entendre *cette* histoire.

Épilogue

Ève se retourna en grognant et heurta quelque chose de solide. Elle ouvra un œil. Cole. De l'autre côté, Ren remua en entendant à nouveau la sonnerie « We are the Champions ». Il lâcha un juron, tâtonnant la table de nuit pour trouver son portable. Une lampe vacilla dangereusement alors qu'il cherchait la surface du meuble.

— Quoi ? aboya-t-il d'un ton grincheux au téléphone.

Puis, il se tut. Après quelques instants, Ève roula vers lui pour observer son expression alors qu'il écoutait la personne à l'autre bout du fil.

Il n'était pas ravi par ce qu'il entendait.

— Putain, dit-il finalement. Ouais. OK. Je te rappelle.

— Tout va bien ? demanda Ève en se redressant ?

Ren lâcha un long soupir.

— Merde. Quelqu'un attrape mon ordi, dit Ren en tendant sa main de manière impatiente. Ou une tablette. N'importe quoi !

Ève donna un coup de coude à Cole, qui grogna et tourna sa tête avec un bâillement endormi.

— Quoi...

— Passe-moi ton iPad, dit Ève.

— Il est juste là, répondit Cole avec un petit sourire narquois. Grimpe-moi dessus et prends-le.

— Ce n'est pas le moment, Cole. Donne-moi ton iPad, demanda Ren, d'un ton un peu plus insistant que celui d'Ève.

Cole se leva avec un air perplexe.

— J'ai raté quelque chose ?

Il attrapa sa tablette et la tendit à Ren au-dessus d'Ève.

Celle-ci regarda Ren activer, presser et taper sur l'écran jusqu'à trouver ce qu'il cherchait. Il jura.

Il retourna alors l'iPad vers eux.

Des photos de Cole et elle, et de Ren et elle, étaient affichées partout sur l'écran avec le titre : EST-CE QUE CETTE MYSTÉRIEUSE FEMME SORT AVEC UN DE CES CHAMPIONS DU SUPER BOWL, OU LES DEUX ?

Avant même qu'elle puisse finir la première ligne de l'article, il en passa un autre : « BRAS LONG » LANDIS EST-IL DOUBLÉ PAR SA PETITE-AMIE ?

Puis un troisième : AUCUNE RÉPONSE DE COLE DIXON SUR LA FEMME VUE À SON BRAS. Avait-on posé la question à Cole ? Sûrement pas, sinon il aurait dit quelque chose.

Et un autre : COLE DIXON A-T-IL VOLÉ LA COPINE DE SON MEILLEUR AMI ?

Tous ces articles contenaient des photos d'eux en couple, mais jamais d'eux trois ensemble.

Ève grogna intérieurement. Maintenant que les choses rentraient dans l'ordre entre eux trois, est-ce que ce tapage des médias allait tout gâcher ?

— Ces photos remontent à des semaines, dit Cole en haussant une épaule.

Proposition osée

— Non, regarde. Pas toutes, remarqua Ève en pointant l'une d'elles à Ren. Celle-ci date de l'autre jour. Quand on était, toi et moi, à la réunion avec l'agent immobilier.

Elle fixa le cliché de Ren et elle sortant d'un café. Ils avaient rencontré un agent pour discuter la mise en vente de leurs maisons. Ils se tenaient la main et se souriaient.

Ève se pencha plus près pour examiner une autre photo. C'était Cole et elle en s'embrassant, les bras de l'homme accrochés à elle. Elle ne se souvenait même pas d'où elle avait été prise. Elle grogna en passant une main sur son visage.

Cole déroba son iPad des mains de Ren et fit défiler d'autres photos.

— Hé, elle est pas mal celle-là de moi !

— Bon Dieu, Dix ! s'exclama Ren en lui arrachant la tablette des mains et l'éteignant.

— Eh bien, on pourrait nier les rumeurs ou tout bonnement les reconnaître publiquement. Couper les paparazzis dans leur élan, proposa Cole d'un ton plus sérieux.

— Aussi simple que ça, hein ? lâcha Ren en pinçant les lèvres.

— Ouais, pourquoi pas ? le questionna Cole.

— Je suis d'accord avec Cole. Je ne veux pas surveiller mes arrières tout le temps pour voir les photographes dans les buissons. Et je ne veux certainement pas que les gens croient que vous êtes trompés par la même femme. Qui s'avère être moi, en passant, dit Ève en fronçant les sourcils.

— Eh bien, est-ce qu'on va affronter ça frontalement ? Ou on part chacun de son côté pour éviter toutes ces histoires ? demanda Cole, sachant bien que Ren ne choisirait pas la deuxième option.

Il essayait d'encourager Ren à embarquer dans le même plan qu'Ève et lui, et être ouvert sur leur relation.

— Sûrement pas ! s'exclama ardemment Ren.

Ève se détendit un peu avec sa réponse.

— Très bien. Alors on doit gérer tout ça d'une façon ou d'une autre, continua Cole.

— Encore une fois, Cole a raison, insista Ève. On doit approcher cette situation selon nos conditions.

— Qu'est-ce que tu veux dire par « encore une fois » ? s'étonna Cole en lui jetant un coup d'œil. J'ai souvent raison.

Ève leva les yeux au ciel et tapota sa cuisse au travers du drap entortillé.

— Je sais, bébé.

— Quoi qu'on décide, on doit tous les trois être d'accord, ajouta Ren.

Ève fut une nouvelle fois d'accord.

— Mais je me rangerai à ce que vous choisissez tous les deux. La seule raison pour laquelle ces gens sont intéressés, c'est parce que vous êtes connus. Je ne suis personne.

— Tu n'es pas personne, rétorqua Ren en jouant avec une longue mèche de ses cheveux. Ne dis pas ça.

Il se pencha pour embrasser sa tempe.

— Tu sais ce que je veux dire.

— Je suis pour tout révéler, intervint Cole. Pour qu'ils nous lâchent.

Ren resta silencieux en fixant la tablette éteinte sur ses genoux.

— Je vais rappeler Dan. Je lui demanderai d'organiser une conférence de presse.

— Une conférence de presse ? Vraiment ?

Un sentiment d'effroi submergea Ève.

— Vous pensez réellement que c'est nécessaire ? Ne vont-ils pas juste se lasser après un moment, jusqu'à ce qu'une nouvelle histoire éclate ?

Elle ne réussissait pas à s'imaginer devant une bande de

journalistes people et d'autres personnes qui se présentaient à ce genre de trucs pour expliquer leur relation au monde.

Quand Cole avait mentionné révéler tout au public, elle avait cru qu'il parlait d'un article de presse ou de demander à leur agent de faire une déclaration. Cela lui semblait un peu plus raisonnable.

Ève n'avait jamais souhaité être sous le feu des projecteurs.

Je suppose que j'aurais dû y réfléchir avant de tenter une relation avec deux joueurs professionnels de football.

— Vous êtes sûrs de vouloir faire ça ? les questionna-t-elle tout haut. Vous ne pensez pas que ça va diriger davantage la lumière sur nous ?

— Bienvenue dans notre monde, dit Cole en pressant légèrement son bras. C'est une des regrettables conséquences d'en faire partie. Ça ira. Je te le promets.

— Je vais appeler Dan et lui demander conseil. Ce n'est pas nouveau pour lui puisqu'il est aussi l'agent de Ty.

Ren fit un sourire rassurant à Ève.

— On verra ce qu'il dit et l'on partira de là.

Deux jours après, ils se tenaient dans l'entrée du bâtiment du bureau de leur agent. Dan était déjà dehors, devant l'immeuble et un podium chargé de micros.

Ève était stupéfaite du nombre de chaînes télévisuelles, journaux et magazines intéressés par leur histoire. Cela surprenait toujours Ève de voir à quel point les gens étaient curieux de la vie des autres. Elle comprenait que cela faisait partie du quotidien d'une figure publique, que ce soit un politique, un acteur ou une star sportive.

Son mari avait toujours été humble sur sa profession de docteur, préférant aider les gens, plutôt que s'inquiéter de sa richesse ou des honneurs.

— V'nez, les appela Dan en passant la tête par la porte. Ils sont prêts à vous écouter.

Ève prit une inspiration incertaine.

— Je vais mener l'interview et répondrai aux questions, indiqua Ren.

Bien sûr qu'il le ferait. Il voulait contrôler cette rencontre. Son plan visait à « faire court et droit au but », comme il l'avait annoncé.

— Prêts ? leur demanda Ren.

Ils s'échangèrent tous les trois des sourires rassurants, de même que des « Je t'aime ». Ils prirent par les bras, Ève au milieu. Elle était encadrée par ses deux hommes aimants. Ils étaient sur le point de révéler au monde entier qu'ils s'aimaient...

Ils poussèrent les doubles portes et sortirent sous un déluge de flashs d'appareils photo.

Inscrivez-vous à la lettre d'information de Jeanne pour connaître ses prochaines sorties, ses ventes et bien plus encore (En anglais):

http://www.jeannestjames.com/ newslettersignup

Il était mystérieux. Si énigmatique qu'elle ne pouvait arracher son regard de lui…

Quand Paige Reed repère un homme de l'autre côté de la pièce à une soirée, elle est fascinée et décide de l'avoir dans son lit. Heureusement, son mari, Connor, est partant. Il est aussi attiré par cet homme puissant.

Bi-curieux depuis longtemps, la bonne occasion ne s'est jamais présentée à Connor Morgan. Jusqu'à maintenant. Ça ne le dérange pas de faire rentrer un autre homme dans leur mariage, du moment que ça ne les sépare pas avec Paige.

Ancien joueur de la NFL, Graydon Ward aime avoir le contrôle. Il est plus que ravi par l'intérêt évident de Paige. Néanmoins, elle est très claire : c'est tout ou rien. S'il la désire, il doit aussi accepter son mari. Des expériences passées lui ont pourtant appris que c'est une voie dangereuse à emprunter.

L'alchimie entre les trois est explosive. Cependant, le désir de Gray de partager la même intimité qu'il observe entre Paige et Connor va finir par mettre de la pression sur le ménage à trois. Et cela risque bien de tout gâcher.

Tournez la page pour lire le premier chapitre du livre suivant : Osez être trois

Osez être trois (livre 3)
Dare to be Three

Chapitre un

SA PEAU ÉTAIT NOIRE. Si sombre, que l'intense teint foncé lui rappelait une prune mûre. Elle ne se souvenait pas d'avoir déjà vu quelqu'un d'aussi noir. Pour cette raison, son regard ne cessait de dévier vers lui. C'était impoli de fixer quelqu'un, mais elle ne semblait pas pouvoir s'en empêcher. Elle n'arrivait pas à détacher ses yeux de lui.

Sa tête était lisse et bien formée. Il avait le type de carrure qui rendait un crâne chauve attrayant.

N'étant pas une grande fan de la pilosité faciale, Paige Reed ne l'appréciait guère chez les hommes. Cependant, le bouc de cet homme était bien taillé et encadrait parfaitement son visage. Un gros anneau en or pendait à son oreille gauche. Il portait un costume bien taillé. Il n'avait d'ailleurs probablement pas d'autre choix que se faire confectionner ses costumes ou, au moins, se les faire ajuster. Ses épaules étaient larges, ses cuisses épaisses.

Elle pensait que son beau-frère était bâti comme une

bête, mais cet homme le battait. Il avait de quoi intimider quiconque croisait son chemin.

Mais ce n'était pas le cas de Paige.

Il la fascinait.

— Tu le trouves attirant, n'est-ce pas, chuchota son mari près de son oreille.

— Oui, répondit-elle, même s'il n'avait pas vraiment posé de question.

— Je ne suis pas sûr de savoir pourquoi tu m'as épousé alors, la taquina-t-il. Je suis vachement pâle.

Paige passa ses doigts dans les cheveux blond cendré de Connor, les ébouriffant un peu.

— Non, ce n'est pas vrai. Tu adores le soleil. C'était cet accent australien sexy qui a attiré mon attention.

— Ça t'a fait mouiller.

— C'est toujours le cas, rétorqua-t-elle en haussant une épaule et lui faisant un sourire.

— Mmmh, murmura Connor en chassant une mèche de cheveux de sa joue. Bon à savoir. Mais tu l'aimes bien.

— Il est *intéressant*.

— Il est noir, fit remarquer Connor.

— Oui.

— Son teint est incroyable. J'aime bien aussi.

— Est-ce que je devrais être jalouse ? lui demanda-t-elle.

— Et moi ? rétorqua Connor dont les yeux d'un bleu éclatant se plissèrent.

Paige rit en secouant la tête.

— On en a parlé. La jalousie n'est pas permise.

— Je me demande ce qu'il dirait, s'il savait de quoi l'on parle.

— Ou ce qu'on pense, ajouta-t-elle.

— Il prendrait sûrement les jambes à son cou.

— Je ne sais pas. J'espère que non, dit Paige en regardant

l'homme qui parlait à son frère de l'autre côté de la pièce. Je ne l'ai jamais vu. Je me demande si les gars le connaissent bien.

— Ça pourrait être un ami de Quinn. Ou un ancien collègue à elle, suggéra Connor.

— Qui vient au quarantième anniversaire de Ty ? J'en doute.

— Il est peut-être de la famille de Ty.

— On doit *peut-être* arrêter de balancer des hypothèses et aller demander, suggéra Paige.

— Tu le désires.

Encore une fois, ce n'était pas une question. Plus un *t'es sûre ?*

— Et toi ? demanda-t-elle.

— J'aime ce que je vois. Mais je dois découvrir ce qu'il y a là-haut, ajouta-t-il en tapotant sa tempe.

Soudain, Tyson White se glissa entre eux et s'accroupit. Même si l'homme s'était retiré de la NFL quelques années plus tôt, il était toujours en pleine forme. Ses épaules étaient assez larges pour les frôler tous les deux.

Paige n'allait pas s'en plaindre. Connor et elle flirtaient toujours avec le petit ami de Logan, devenu son mari. Mais c'était toujours bon enfant. Ty adorait, et cela ne dérangeait ni Logan ni Quinn, leur femme et mère de leur enfant.

— Pourquoi vous fixez Gray comme un bout de viande ? demanda Ty en inclinant un sourcil vers Paige.

— C'était aussi évident ? demanda-t-elle, surprise.

— Euh, ouais. Dur à rater.

— Il est canon, répondit Paige en haussant les épaules.

Gray. Quel prénom intéressant. Sûrement un surnom. Elle se demandait de quel prénom c'était le diminutif.

Ty regarda une seconde derrière lui, en direction du sujet en question, puis se retourna vers Paige.

— Oui, c'est vrai.

— C'est qui ? demanda-t-elle. Ancien joueur ou toujours sur le terrain ?

— Retraité. En quelque sorte. Il a quitté la NFL après un problème médical invalidant.

— Comme quoi ?

— Du genre, je ne vais pas te révéler ses secrets. Tu le découvriras par toi-même. Quoi qu'il en soit, pourquoi vous êtes si curieux ? demanda Ty, sa suspicion omniprésente dans son ton.

Mmmh. L'homme était un mystère qu'elle devrait percer.

— Eh bien, commença Connor. Tu sais que ça fait des années que j'essaye de mettre un certain mec dans mon lit. Mais pour une raison qui m'échappe, il continue de résister.

— Je suis marié si jamais t'as oublié, répondit Ty en levant sa main gauche et pointant son majeur du doigt.

— Je n'ai pas oublié, gloussa Connor.

— Et j'ai un enfant, ajouta Ty dont le visage s'éclaira. Et un autre en route.

— Oh, bon sang ! Félicitations ! T'es sûr que Quinn veut que tout le monde le sache ? lui demanda Paige.

— Vous n'êtes pas n'importe qui. Vous faites partie de la famille. Mais restez discrets sur le sujet, c'est encore tôt.

Son beau-frère se remit debout et s'écarta de la table.

— Venez. Je vais vous présenter Graydon. Je ne le mettrai pas en garde sur les choses perverses que vous prévoyez sûrement tous les deux de lui faire.

— Oh, *je t'en prie,* rétorqua Paige en se levant et prenant le bras de Ty d'un côté, son mari de l'autre.

Ty les escorta alors vers le frère de Paige, Logan, en grande conversation avec cet homme mystérieux.

— Hé, beau gosse, salua Ty à l'attention de son mari. Est-ce que je devrais être jaloux que tu parles depuis une heure avec ce bel homme ?

Logan offrit sa main et Ty la prit. Logan attira alors l'homme sombre vers lui, son bras passant autour de sa taille.

Sombre, pensa Paige, mais pas aussi foncé que ce... *Graydon*. Elle aimait la sensation de ce prénom sur sa langue.

Ce n'était pas la seule chose qu'elle souhaiterait avoir sur sa langue.

Holà. Elle secoua la tête. Elle n'était généralement pas aussi dépravée. Il y avait un truc chez cet homme qui l'attirait, comme une mouche avec du miel.

— Salut, dit Paige en tendant la main. Je suis la sœur de Logan, Paige.

Graydon lui fit un petit sourire. Avec un rapide mouvement des yeux, il la toisa de haut en bas avant de serrer la main qu'elle lui proposait. Si cela ne lui avait pas filé la chair de poule...

Sa poigne était chaude et ferme, et sa main écrasait la sienne. Paige s'émerveilla devant le contraste de leurs peaux. Leurs mains serrées lui firent penser au symbole du yin et du yang. Opposées, mais complémentaires.

Connor éclaircit sa gorge.

Les flammes montant jusqu'à son visage, Paige relâcha la main de l'homme bien qu'il n'eut pas l'air pressé de rompre le contact.

— Gray, voici mon beau-frère, Connor Morgan, présenta Logan en bougeant la main vers celui-ci. Le pauvre bougre coincé avec Demi-Portion.

Paige jeta un regard noir à son grand frère. Il savait qu'elle détestait ce surnom.

— Demi-Portion.

Le surnom roula en douceur sur la langue de Graydon. Il parut peu enclin à détourner son attention d'elle pour serrer la main de Connor. La poignée de main fut rapide mais ferme.

— Graydon Ward, se présenta-t-il à Connor.

— Prénom intéressant, lui dit Connor.

— Accent intéressant, remarqua Graydon.

— Connor est australien, expliqua Ty.

— Et le mari de Demi-Portion, précisa Connor en pointant son pouce vers Paige.

— Tu sais que je déteste ce surnom ! protesta-t-elle en le tapant dans le bras.

— Eh bien, je ne peux pas lui dire les autres petits noms que j'ai pour toi, rétorqua Connor en souriant à Graydon et agitant les sourcils.

— Il a un faible pour les frères, prévint Ty à l'attention de Graydon.

— Oh ? s'étonna Graydon en levant les yeux vers Connor, ébahi.

— Ce n'est pas le seul, ajouta Ty en inclinant sa tête vers Paige.

— Je suis désolée. Je ne voulais pas te dévisager de façon si impolie, dit Paige en grimaçant au commentaire de Ty.

— OK ! Sur ces paroles coquines, on doit se mélanger aux autres, vieil homme, dit Logan en éloignant l'homme du jour.

— T'es plus vieux que moi, se plaignit Ty.

— Mais je parais plus jeune, rétorqua Logan alors qu'ils partaient.

Le regard de Paige se remit sur Graydon.

— Du coup...

— Ça ne te gêne pas que ta femme regarde d'autres hommes ?

C'était une question sérieuse, mais avec un soupçon d'amusement.

— Eh bien... songea Connor en faisant une moue une seconde. Ça dépend.

— De quoi ? demanda Graydon, encore une fois surpris.

— De qui elle regarde.

Graydon secoua la tête, manifestement confus.

— Tu n'es pas inquiet qu'elle s'intéresse à l'homme qu'elle regarde ?

— Oh, je sais qu'elle est intéressée par l'homme qu'elle regarde.

— Allô ! s'exclama Paige en agitant la main entre les deux. Je suis juste là. Bon Dieu !

— Je suis vraiment désolé, Paige, dit Graydon en baissant sa tête vers elle. C'était malpoli de notre part.

Elle cligna des yeux. Malpoli ? Tout comme quand elle l'avait dévisagé.

Maintenant qu'elle se trouvait à côté de lui, elle prit conscience de la taille de l'homme. Bien qu'elle *soit* petite, d'où le surnom Demi-Portion, elle devait lever les yeux pour regarder le mètre quatre-vingt-dix de Connor depuis son mètre soixante-dix. Ce Graydon, il devait faire un centimètre ou deux de plus que son mari et bien que Connor ne soit pas maigre, l'autre homme devait assurément faire quinze kilos de plus que lui, devinait Paige. Ses mains étaient grandes, ses doigts longs. Pratiques, bien sûr, pour attraper un ballon de football. Elle se demandait quel âge il avait et depuis quand il avait arrêté de jouer.

— Comment tu connais Ty ?

— On a joué ensemble à la fac.

— Ah. Et t'as continué chez les pros ?

— Oui, j'ai été assez chanceux pour être sélectionné.

— T'es retraité ?

— Oui, depuis un moment, répondit Graydon après avoir hésité quelques secondes.

Entendu. Elle ne voulait pas continuer de le bombarder de questions. Elle voulait assurément apprendre à mieux le connaître, mais elle ne voulait pas lui donner l'impression de l'interroger.

Oh ! Mais elle avait tant de questions sur le bout de la langue.

Qu'est-ce que tu fais pour vivre maintenant ? Quel âge as-tu ? Est-ce que tu vis par ici ? Est-ce que t'aimerais baiser avec mon mari et moi ?

Cette dernière était peut-être un peu trop directe. Elle ne voulait évidemment pas l'effrayer. Elle qui pensait qu'elle se serait ennuyée aux quarante ans de Ty. Jusqu'à ce qu'elle repère cet homme. Elle réalisa soudain qu'elle le dévisageait encore et son visage rougit.

— J'ai besoin d'un verre. Quelqu'un d'autre ?

— Je vais te le chercher, ma chérie, dit Connor en posant une main sur son épaule. Qu'est-ce que tu veux ?

— Un truc alcoolisé. Surprends-moi.

Connor connaissait bien ses goûts, alors elle n'était pas inquiète qu'il revienne avec un verre qu'elle n'aimait pas. *Attendez.* Était-elle déjà tombée sur une boisson qu'elle n'aimait pas ? *Oh, ouais. Un gin-tonic. Beurk.*

— Un truc, Graydon ?

— Un gin-tonic, s'il te plaît. Merci, répondit-il en faisant un grand sourire à Connor.

Paige pouvait jurer qu'il éclairait toute la pièce. Évidemment qu'il allait choisir une boisson qu'elle détestait. Mais elle ne le jugerait pas sur ce point. Enfin, pas beaucoup.

— Je reviens rapidement, dit son mari en embrassant sa joue, puis se dirigeant vers le bar de fortune dans le coin de la grande pièce.

Les yeux de Paige ne quittèrent pas Graydon quand son mari lui fit un baiser, et les siens ne la quittèrent jamais non plus. Jusqu'à ce que ses tétons pointent sous le fin tissu de sa robe. À ce moment-là, son regard tomba, mais revint rapidement à son visage.

— Je ne sais pas comment tu fais pour boire cette merde.

— Faut apprendre à l'apprécier, répondit-il en scrutant son visage.

Paige essaya de ne pas se tortiller alors qu'il promenait son regard du haut de sa tête à son menton, puis plus haut, pour se poser sur ses lèvres. Elle les lécha inconsciemment, puis tira sur sa lèvre inférieure avec ses dents.

— Je ne pense pas qu'une boisson vaille le coup d'être bue si l'on doit apprendre à l'apprécier. Il y a bien d'autres choix.

Il fixa sa bouche pendant qu'elle parlait. Elle lutta alors contre l'envie de fouiller dans sa pochette pour réappliquer son gloss.

— Avoir le choix est formidable, mais parfois, on veut un truc spécifique. Alors, t'y travailles pour l'obtenir.

— On parle toujours de boisson, n'est-ce pas ? demanda-t-elle.

Il leva enfin les yeux pour croiser les siens avec une lueur de surprise, puis un soupçon de lucidité brilla au fond de son regard. Comme s'il s'était secoué mentalement, sortant d'une sorte de brouillard.

Elle espérait que cela signifiait qu'elle l'attirait.

Soudain, il se pencha vers elle, et elle se figea. Il tendit la main et enleva avec son pouce quelque chose du visage de Paige.

Elle le scruta d'un air curieux.

— Un cil, précisa-t-il en levant son pouce. Fais un vœu.

Paige savait précisément ce qu'elle souhaiterait. Elle pinça les lèvres et souffla en douceur, le cil tournoyant en direction du sol.

— Je te souhaite que ton vœu se réalise, murmura-t-il, ne rompant pas leur contact visuel.

— Moi aussi.

Il ne savait pas que son vœu *le* concernait.

Les secondes passèrent, et aucun d'eux ne cligna des yeux.

Ses pupilles ressemblaient à de profonds puits marron. Dangereux si vous y plongiez. Ses épais cils étaient sûrement enviés par certaines femmes. Ses lèvres étaient foncées et pulpeuses, rougeâtres au centre, comme s'il avait sucé une cerise. Ces délicieuses lèvres se séparèrent...

Paige attendit que les mots sortent et jaillissent sur elle. Elle sentait, non elle savait qu'il allait dire quelque chose d'intrigant.

— Désolé, il y avait la queue au bar, dit Connor en s'approchant et lui tendant un grand verre rempli d'un liquide rouge rosâtre, un marasquin à la cerise avec une petite paille en plastique.

Il tendit un petit verre à Graydon, rempli de glace, d'une tranche de citron, d'une touillette et du mélange toxique qui incita Paige à plisser le nez.

Graydon fit un signe de tête à Connor en remerciement.

C'était vraiment un gentleman. Mais elle pariait qu'il savait ne pas être trop délicat aux bons moments. Elle dissimula son soupir en sirotant son verre. Elle ignorait quelle était cette préparation, mais le goût était fruité et coula onctueusement dans sa gorge.

Connor leva sa bouteille de bière et prit une lampée. Une bière d'une microbrasserie locale. Pas de pisse pour lui, comme Paige avait l'habitude de qualifier la bière normale.

— Alors, qu'est-ce que tu fais comme métier, Connor ? demanda Graydon après avoir pressé sa tranche de citron et touillé sa boisson.

Connor glissa un bras autour de la taille de Paige et la serra légèrement. Les yeux de Graydon suivirent ce geste et ne se relevèrent pas avant que Connor réponde.

— Je suis ingénieur en génie civil.

Graydon considéra sa réponse.

— En génie civil. Comme pour les ponts ?

— Oui, comme pour les ponts, confirma Connor en haussant légèrement les épaules. Mais je me consacre surtout aux complexes sportifs. Comme les stades, les arènes, et que sais-je. Tout ce qui est en rapport avec le sport.

— Des stades de football ? demanda Graydon en levant ses sourcils.

— Oui, certains, répondit Connor en hochant la tête.

— Ça semble être une carrière intéressante.

— En effet. Mais je dois beaucoup voyager.

— C'est comme ça que t'as rencontré ta magnifique femme ?

Magnifique. *Hum.* Paige ne se considérait pas comme magnifique. C'était une description habituellement utilisée pour des blondes aux longues jambes qui défilaient sur des podiums. Mignonne, peut-être. Elle était petite avec de longs cheveux châtains. Ajoutez-y des taches de rousseur, ce qui n'était pas logique avec son teint. Toute sa famille avait été étonnée par ce point. La fille du facteur, l'avait toujours taquiné Logan, ce qui avait contrarié leur mère célibataire.

Mais elle s'était souvent interrogée à ce sujet. Surtout quand Logan faisait trente centimètres de plus qu'elle et n'avait aucune tache de rousseur.

— Oui, répondit Connor en jetant un œil vers elle. On s'est effectivement rencontrés dans un stade de football. Elle était avec son frère quand il refaisait la pelouse du terrain.

Paige se souvenait de cette journée. L'entreprise de Logan décollait. Puisqu'elle l'avait aidé avec les comptes de la société, il lui avait proposé de l'accompagner parce qu'il n'avait pas d'employé à ce moment-là. Les journées avaient été longues pour poser le gazon. À la tombée de la nuit, ils étaient tous les deux sales et épuisés. Elle était contente de ne plus aider sur la partie physique de l'entreprise.

Puis, elle se rappela qu'elle n'aurait jamais rencontré l'incroyable Australien sexy, qui était actuellement collé à elle, si elle n'y était pas allée. Le reste était de l'histoire ancienne. Connor bouleversa sa vie pour déménager aux États-Unis, adoptant la ville natale de Paige. Ils s'étaient mariés quelques années plus tôt.

Maintenant, avec Quinn qui s'occupait des comptes et Ty en associé, l'entreprise de Logan était prospère. Paige faisait ce dont les gars avaient besoin, soit à la ferme de pelouse, au bureau ou en mission. Un genre d'employée de bureau/chef de projet avec un bon salaire et des avantages. S'ils avaient besoin de café, elle allait chercher du café. S'ils avaient besoin d'elle sur place pour superviser les employés dans le cadre de la pose d'une pelouse, elle s'y rendait. Le boulot n'était jamais monotone. Les gars et Quinn comptaient sur elle. Parfois, juste pour garder leur fils Preston.

— Le meilleur jour de ma vie, déclara Connor en la serrant une nouvelle fois.

— Oui, t'es assurément un mec chanceux, dit doucement Graydon, les mots dévalant sa langue comme du sirop.

— Tu pourrais l'être aussi.

Paige donna un coup de coude à son mari. *Trop tôt.*

— Qu'est-ce que tu veux dire ? demanda Graydon en inclinant la tête et scrutant Connor.

— Quand tu rencontreras la fille de tes rêves, se rattrapa Connor en bafouillant. Enfin, si tu n'es pas marié, ajouta-t-il. Je ne devrais pas faire de supposition.

— Je préfère les femmes aux filles. Et non, je ne suis pas marié.

Le regard de Paige dévia vers sa main gauche. Le seul anneau que portait cet homme était celui à son oreille.

— Oui, une femme, murmura Connor. Une qui sait ce qu'elle veut, quand elle le veut et sait comment l'obtenir.

Il remonta son bras gauche au niveau de ses épaules.

Encore une fois, Graydon suivit le mouvement jusqu'à poser son regard sur les lèvres de Paige.

— Et toi, Paige ?

Et moi, quoi ? Oh.

— J'aide Logan et Ty.

— Je suis sûr que ça t'occupe bien. Leur entreprise est performante.

— En effet. Qui pensait que faire pousser de la pelouse était si rentable ?

— Je devrais venir visiter la ferme un de ces jours, dit-il en se fendant d'un petit sourire.

Paige tempéra l'envie de se frotter les mains par anticipation.

Entreras-tu dans mon antre ? dit l'Araignée à la Mouche.

— Oui, avec plaisir. Préviens-moi et je pourrai t'accompagner personnellement.

Graydon pencha la tête poliment.

— Elle est dingue derrière le volant de l'UTV. Alors, je t'avertis dès maintenant...

— L'UTV ? demanda Graydon d'un air perdu.

— Comme un buggy, mais à usage agricole, expliqua Paige. Mais ne l'écoute pas. J'ai un bon dossier de conduite.

Le chemin vers mon antre est l'escalier en colimaçon.

— Tu n'auras aucun problème entre mes mains.

Et j'ai plein de choses intéressantes à te montrer quand t'y seras.

— J'en suis sûr, murmura Graydon.

Oh, non, non, dit la petite Mouche. Me le demander est inutile, car tous ceux qui montent tes escaliers en colimaçon ne redescendent jamais.

— Pourquoi je ne te donne pas mon numéro ? Tu pourras m'envoyer un message quand tu voudras passer.

Le sourire de Graydon apparut, puis disparut aussitôt. Elle l'aurait raté en clignant des yeux.

— Seulement si ça ne dérange pas ton mari.

— Ça ne gêne pas Connor, n'est-ce pas mon chéri ? demanda-t-elle à son mari, sans même vraiment le regarder.

— Non, pas du tout.

Graydon fouilla dans une poche intérieure de sa veste de costume, à la recherche de son portable. Quelques secondes plus tard, il était prêt. Paige n'hésita pas à lui révéler son numéro.

— Morgan ?

Elle secoua la tête.

— Reed. Je n'ai pas changé de nom.

Encore une fois, il haussa un sourcil. Paige pensa que c'était peut-être une de ces expressions caractéristiques.

Il remit son téléphone dans sa veste et sortit une carte de visite.

— Pour que tu saches qui appelle.

Paige tenta de l'arracher de ses doigts, mais il résista juste assez pour que sa main entre en contact avec la sienne. L'effleurement de leurs doigts lui coupa le souffle et l'excitation irradia dans son centre.

Mince. Si c'était sa réaction pour un léger contact, elle était incapable d'imaginer ce que ce serait avec quelque chose de plus notable. Mais elle ne voulait pas imaginer, elle souhaitait le savoir. Elle laissa tomber sa main, la carte oubliée entre ses doigts.

Proposition osée

Connor plaça sa main gauche dans le creux de son dos et tendit sa main droite à Graydon.

— Excuse-nous, on doit aller voir Quinn. Je ne veux pas qu'elle pense qu'on l'ignore ce soir.

L'autre homme serra la main de Connor, puis se tourna vers Paige. Il baissa la tête.

— Ravi de vous avoir rencontrés. J'ai hâte de faire cette visite.

— Ravie aussi de t'avoir - *fixé* - rencontré. J'espère que ce sera bientôt.

Avec ces paroles, Connor éloigna Paige des oreilles de Graydon.

— Qu'est-ce que t'en penses ? lui demanda Connor, contenant à peine son excitation. Il est intelligent, sait s'exprimer et est super canon.

— Oh, c'est un grand oui. Mais je n'ai rien ressenti de sa part, excepté qu'il est hétéro.

— Ouais, il était dur à lire, à part son approbation te concernant. Tu l'attirais clairement. Je pense que je devrais être jaloux.

Paige cogna son épaule dans la sienne alors qu'ils avançaient.

— Arrête. Si tu dois établir des règles, vas-y. Si je le vois et que tu ne veux pas que je couche avec lui sans toi, alors je suis d'accord. Je ne veux pas que tu te sentes exclu, mon chéri.

— On en discutera. On doit découvrir s'il a un penchant pour les hommes. Sinon, ça met le plan à la poubelle.

— Le plan ? On a un plan maintenant ?

— T'avais un plan à la seconde où t'as posé les yeux sur lui, que t'en sois ou pas consciente.

Paige fit une moue songeuse.

— Oui, tu as raison. Dès que je l'ai vu, je savais que je le désirais.

— Tu vois ?

— Mais je veux essayer d'apprendre à le connaître s'il vient à la ferme. Et j'ai ça.

Elle leva la carte de visite pour la lire.

— Tu peux toujours le convier à un déjeuner d'affaires ou un café.

— Je vais avoir besoin d'une autre excuse que « ma femme et moi voulons te mettre dans notre lit ».

Paige pouffa.

— On ne sait jamais. Il aime peut-être les trucs directs.

— Ouais, du genre il veut t'emmener directement dans son lit. Il est aussi fasciné par toi.

— Eh bien, c'est un bon début.

Connor continua jusqu'aux baies vitrées qui menaient sur un patio sombre. Dehors, la brise était fraîche, et Paige frissonna.

Connor retira la veste de son costume et l'enveloppa dedans, l'attirant dans ses bras.

— Alors, qu'est-ce que dit sa carte ?

— Fais trop sombre pour la lire, dit-elle en levant la carte froissée.

Connor leva un doigt pour lui indiquer d'attendre un instant et sortit son téléphone. En appuyant sur l'écran, la carte fut éclairée.

Paige essaya de la lisser un peu et la regarda de plus près.

— Graydon C. Ward, Directeur du recrutement universitaire, Boston Bulldogs.

Disponible ici : mybook.to/DareToBeThree-FR

Si vous avez aimé ce livre

Merci de votre lecture. Si vous avez apprécié ce livre, merci de publier un avis sur votre site de vente préféré et/ou catalogue en ligne de type Goodreads pour en informer les autres lecteurs. Les avis sont toujours très appréciés et quelques mots suffiront à aider énormément une auteure indépendante comme moi!

Livres en Français

Made Maleen: Un conte de fées moderne revisité

Endommagé

SÉRIE DES FRÈRES EN UNIFORME :
Des Frères en Uniforme : Max (livre 1)
Des Frères en Uniforme : Marc (livre 2)
Des Frères en Uniforme : Matt (Tome 3) - comprend aussi
Teddy (Nouvelle 3.5)
Des Frères en Uniforme : Noël Chez la Famille Bryson
(livre 4)

LA SÉRIE DARE MÉNAGE :
Osez doublement (livre 1)
Proposition osée (livre 2)
Osez être trois (livre 3)
Un désir osé (livre 4)
Oser s'abandonner (livre 5)
Un voyage audacieux (livre 6)

Livres en Français

LA SUITE EST À VENIR !

À propos de l'auteur

JEANNE ST. JAMES est une auteure de romances, dont les best-sellers sont en vente dans le monde entier et figurent au classement de *USA Today*. Elle adore mettre en scène des femmes fortes et des mâles alpha. Elle n'avait que treize ans quand elle a commencé à écrire. Son premier texte publié était une nouvelle érotique, dans le magazine *Playgirl*. Elle a écrit sa toute première romance en 2009. Depuis, elle est l'auteure de plus de cinquante romances contemporaines. Ses sujets de prédilection sont les histoires M/F et M/M, les trios M/M/F et les couples mixtes. Elle écrit aussi sous le nom de plume J.J. Masters. Envie de découvrir un peu plus ses œuvres ? Téléchargez un extrait gratuit en anglais : Book-Hip.com/MTQQKK

Pour ne rien rater de ses actualités et de ses parutions, consultez son site web www.jeannestjames.com ou inscrivez-vous à sa newsletter (en anglais): http://www.jeannestjames.com/newslettersignup

www.jeannestjames.com
jeanne@jeannestjames.com

Jeanne's Groupe de lecteurs: https://www.facebook.com/groups/JeannesReviewCrew/
TikTok: https://www.tiktok.com/@jeannestjames

Amazon.fr: https://www.amazon.fr/~/e/B002YBDE7O

facebook.com/JeanneStJamesAuthor

instagram.com/JeanneStJames

bookbub.com/authors/jeanne-st-james

goodreads.com/JeanneStJames

pinterest.com/JeanneStJames

Aussi par Jeanne St. James

Retrouvez mon ordre de lecture complet ici:

https://www.jeannestjames.com/reading-order

* Disponible en livre audio (anglais)

<u>Des livres qui se suffisent à eux-mêmes:</u>

<u>Made Maleen: A Modern Twist on a Fairy Tale</u> *

<u>Damaged</u> *

<u>Rip Cord: The Complete Trilogy</u> *

Everything About You (A Second Chance Gay Romance) *

Reigniting Chase (An M/M Standalone) *

<u>Brothers in Blue Series:</u>

<u>Brothers in Blue: Max</u> *

<u>Brothers in Blue: Marc</u> *

<u>Brothers in Blue: Matt</u> *

<u>Teddy: A Brothers in Blue Novelette</u> *

<u>Brothers in Blue: A Bryson Family Christmas</u> *

<u>The Dare Ménage Series:</u>

<u>Double Dare</u> *

<u>Daring Proposal</u> *

<u>Dare to Be Three</u> *

<u>A Daring Desire</u> *

Guts & Glory: Ryder *
Guts & Glory: Hunter *
Guts & Glory: Walker *
Guts & Glory: Steel *
Guts & Glory: Brick *

Blood & Bones: Blood Fury MC®:

Blood & Bones: Trip *
Blood & Bones: Sig *
Blood & Bones: Judge *
Blood & Bones: Deacon *
Blood & Bones: Cage *
Blood & Bones: Shade *
Blood & Bones: Rook *
Blood & Bones: Rev *
Blood & Bones: Ozzy *
Blood & Bones: Dodge *
Blood & Bones: Whip *
Blood & Bones: Easy

Beyond the Badge: Blue Avengers MC™:

Beyond the Badge: Fletch
Beyond the Badge: Finn
Beyond the Badge: Decker
Beyond the Badge: Rez
Beyond the Badge: Crew
Beyond the Badge: Nox